덤덤덤 스토어

덤덤덤 스토어

박송주

SF 소설집

책봇에디스코

차례

1   꿈꾸는 바빌론 * 11

2   서울 묵시록 * 35

3   크리스마스를 전송합니다 * 57

4   케세라세라, 안드로이드 * 81

5   보스턴 다이내믹스 그 후 * 105

6   고스트 * 127

7   밧줄 * 153

   해설 — SF, 중력을 거스르는 이야기 최진석(문학평론가) * 175

   작가의 말 * 191

꿈꾸는 바빌론

서쪽으로 넘어가는 태양이 마지막으로 철판을 달구고 있었다. 준호는 집으로 가기 위해 철판 길을 걷고 있었다. 걸음을 옮길 때마다 철컥거리는 소리가 났다.

철판 아래로는 물이 흘렀다. 수로 건설을 위해 임시방편으로 올려져 있던 철판은 십오 년 동안이나 콘크리트를 대신하고 있었다.

철판 위로는 컨테이너 수십 개가 마을을 이루고 있었다. 한때는 수로 건설 노동자들의 숙소였던 컨테이너가 이제 도시에서 쫓겨난 사람들의 집으로 사용되고 있었다. 그들 중 대부분은 하수유역의 물을 빼내기 위해 설비된 외곽의 펌프 시설에서 일을 했다. 철판이 끝나는 강 하류에 펌프 시설이 있었기 때문에 펌핑 노동자들은 컨테이너를 떠날 필요가 없었다. 사실, 갈 곳도 없었다. 도시의 땅은 물론이고 외곽 지역의 땅 역시도 턱없이 비쌌으니까.

철판 위에서 준호는 살고 있었다. 준호는 펌핑 노동자였다. 펌핑 노동자들은 가뭄이 드는 겨울을 제외하고는 항상 펌프질을 했다. 물이 가득 찬 거대한 수조 안에서 작업을 하기 때문에 그들은 늘 이명증과 두통을 앓곤 했다.

　그 일이 꼭 나쁜 것이라고 할 수는 없었다. 펌프 노동은 작지만 일정한 수익을 보장해 주었다. 그래도 그 돈으로 철판을 벗어나 땅 위로 돌아갈 수는 없었다. 고된 일 때문에 무언가를 생각한다는 것조차 쉽지 않았지만 준호는 집에 돌아갈 때마다 땅 위에서 살던 옛날을 더듬으려 애를 썼다. 땅 위에 집이 있던 때, 그 시절은 항상 먼 옛날처럼 느껴졌다.

　저녁이 다 되어 돌아온 집은 무척 싸늘했다. 준호는 평소처럼 세 사람이 겨우 앉을 수 있는 식탁으로 갔다. 천으로 된 파티션을 젖히자, 한나는 준호를 오랜만에 만나기라도 한 것처럼 반가워했다. 울고 있었던 것일까. 한나의 눈빛이 반짝거렸다. 준호는 한나에게 무슨 일이 있었느냐고 물어보려다 그만두었다.

　어느새 한나는 가스레인지 쪽으로 고개를 돌린 채 불 위에 올려둔 음식을 들여다보고 있었다.

　"다 익었다. 이제 채소를 곁들이기만 하면 돼."

　한나는 고기를 젓가락으로 찔러보고는 냄비뚜껑을 닫았다.

　준호는 피곤했다. 새벽 3시부터 잠은 물론이고 식사도 하지 못한 상태였다. 눈이 감겨 왔고 몸은 물속에 잠겨 있는 것처럼 무거웠다. 그때 어머니가 비좁은 주방으로 들어왔다.

　"할 이야기가 있단다."

　어머니는 억눌린 감정을 참는 듯 앉아있는 준호의 몸을 꼭 끌어안았다.

"엄마, 그 이야긴 식사를 한 다음에 하세요. 네?"

한나는 안절부절못한 채 어머니의 어깨를 잡아 자리에 앉혔다.

"대체 무슨 일인데요?"

준호가 짜증스럽게 물었다.

"결국, 사셨대. 바빌론의 공중정원 말이야."

한나가 재빨리 대답했다.

"대체 그걸 왜 사신 거예요! 우리가 무슨 돈이 있다고요?"

"오빠, 가야 할 시간이 얼마 안 남았어. 얼른 밥 먹자. 그래야 제시간에 도착하지."

한나는 준호와 어머니가 말다툼을 하기 전에 준호 앞으로 접시를 끌어당겨 그의 시선을 돌렸다.

문제는 돈이었다. 땅을 살 돈을 마련하기는커녕 이곳에서마저 쫓겨날지도 모른다는 사실이 준호를 늘 짜증스럽게 만들었다.

지독한 현실 때문일까. 컨테이너에 사는 사람들은 모두 바빌론의 공중정원을 체험하고 싶어 했다. 하지만 바빌론의 공중정원은 펌핑 노동자들이 사기에는 턱없이 비쌌다. 게다가 정부에서는 바빌론 체험이 필요하다고 입증된 사람이 아니면 돈을 주더라도 살 수 없도록 규제를 했다. 그럼에도 불구하고 사람들은 야시장에 나와 있는 바빌론의 공중정원을 불법으로 사들였다.

"우리 같은 사람에겐 흔치 않은 기회야."

준호는 들고 있던 포크를 테이블 위에 소리 나게 내려놓았다.

"돈도 돈이지만 우리가 어떻게 정부 허가를 받을 수 있었냐는 거예요. 그 사람들 앞에 가서 울면서 동정에 호소하신 거예요?

담당자 녀석들의 비위를 얼마나 맞추신 거예요? 한나, 너도 같이 간 거야, 그렇지?"

"난 몰라. 난 아무것도 안 했어."

한나는 고개를 숙인 채 대답했다.

"왜 한나를 걸고넘어지는 거냐. 갠 아무것도 몰라. 애꿎은 애 괴롭히지 마라. 시간도 없는데."

"그러니까 어머니가 말씀해 보세요. 대체 그 돈을 어디서 빌렸는지. 아니, 빌렸을 리가 없지. 누가 우리에게 돈을 빌려주겠어. 대체 뭘 가져다 판 거예요? 아버지 유품도 이젠 아무것도 없잖아요!"

어머니는 준호의 말을 듣지 않으려는 듯 접시의 음식을 먹기 시작했다.

한나는 피곤함을 쫓아내려고 애를 쓰는 준호와 어머니를 번갈아 바라보았다. 아무것도 명징한 것은 없었다. 이따금 철판 위를 걸어 집으로 돌아가는 이들의 걸음 소리가 집안까지 들려오곤 했다.

"조금이라도 들어. 어서."

준호는 소고기와 피망 한 조각을 억지로 입안에 밀어 넣었다. 고무를 씹는 것처럼 아무런 맛도 나지 않았다. 그래도 허기를 없애고 잠깐이라도 눈을 붙여야 했다. 두통이 몰려왔다. 머리를 흔들어 두통을 쫓아내려 했지만 어지럼증이 더 심해질 뿐이었다. 어깨는 거대한 쇠망치가 얹혀 있는 것처럼 무거웠다. 움직일 때마다 땅 아래로 몸이 꺼져버릴 것만 같았다.

그때 누군가 초인종을 눌렀다.

"드디어 도착했구나."

어머니가 일어나 문을 열어주었다. 문 앞에는 누런 종이박스가 놓여 있었다. 붉은색 리본이 붙어있어 제법 그럴싸해 보였다.

"사인해 주시겠어요?"

배달부는 영수증 한 장을 내밀었다. 그는 이마의 땀을 훔치고는 안주머니에서 펜을 꺼내 어머니에게 건넸다.

"주소가 정확치 않아서 꽤나 헤맸어요. 배달비가 후불인 건 알고 계시죠?"

"배달 비용에 대한 이야기는 못 들었는데요."

예상하지 못한 일에 어머니의 얼굴은 사색이 되었다.

"빌어먹을! 그딴 거 도로 가져가요. 우린 필요 없으니까."

준호는 현관 쪽을 향해 소리를 쳤다.

"그럼 반송 비용까지 주셔야 해요. 계약서에 사인을 하셨으니 원금을 돌려받지 못한다는 거 아시죠?"

그냥 되돌려 보낼 수는 없었다. 그들에게 남은 마지막 희망은 바빌론 체험뿐이었다.

"얼마에요?"

"삼만 원입니다."

배달부는 몹시 더워하며 우비의 단추를 풀었다.

"너무 비싸!"

준호가 안에서 소리쳤다.

"특별히 싸게 혜택을 드린 거라고 알고 있는데요. 아시다시피

이건 돈 주고도 쉽게 얻을 수 없는 대단한 발명품이잖아요?"

배달부는 어머니의 낯빛을 흘깃 쳐다보며 말했다.

"한나, 화장대 위에 있는 돈을 가지고 와."

한나는 화장대 위에 있는 돈 통에서 동전까지 긁어모아 어머니에게 가져다주었다. 준호는 어머니를 향해 또다시 화를 내려다가, 한나의 간절한 눈빛 때문에 이내 그만두었다.

준호는 한숨을 내쉬고는 소고기 한 점을 베어 물었다. 열 시간 넘게 아무것도 먹지 못했는데도 여전히 입맛은 돌아오지 않았다. 두통은 좀 나아졌지만 펌프 엔진이 돌아가는 수조 안으로 들어가면 귀울음은 다시 반복될 게 뻔했다. 일을 할 때는 늘 귀울음과 어지럼증이 함께 돌았으니까.

펌프질을 할 때마다 준호는 눈을 감곤 했다. 눈을 감으면 귀에서 나는 이상한 소리 속에 혼자만 고립되는 것 같았다.

하루라도 편하게 누워서 잠을 자고 싶었다. 그러나 펌프 일을 시작한 후로, 자려고 누우면 거대한 진공관 속에 혼자 누워 있는 기분이 들었다. 몸 여러 곳에서 동시에 심장이 팔딱거렸고, 온몸은 물에 젖은 것처럼 무거웠다.

준호는 생각했다. 딱 일주일만 집에서 푹 쉬었으면, 하고. 텔레비전을 팔아버리지 않았다면 하루 종일 텔레비전을 볼 수도 있었겠고, 시내로 나가 영화를 보러 갈 수도 있겠지만 준호의 형편에 그 모든 건 사치였다. 빠르게 변하는 세상과 멀어지고 제대로 된 삶도 영영 오지 않을 것을 알고 있었다. 희망이란 남아 있지 않았다. 아니, 삶마저도 거의 끝장이 나버린 것이다.

"이런 곳에 집이 있다니 참 신기하네요? 이 일을 십 년째 하고 있는데 말이죠. 이런 곳은 처음이거든요. 집 아래 물이 흐르고 있는데 무섭지 않으세요?"

배달부의 목소리가 다시 들려왔다. 준호를 의식하기라도 한 듯 작게 말했지만 목소리는 너무도 선명했다. 심지어 집 안 전체에 소리가 울려 퍼졌다.

"십오 년을 살았지만 끄떡없어요."

형식적으로 대답하는 어머니의 목소리에는 힘이 없었다.

"수맥의 영향을 직접 받으면 몸의 기가 상하게 되어 있거든요. 제가 공부를 좀 했는데 말이죠. 이런 곳은 절대로 사람이 살아서는 안 돼요. 건강하게 살 수도 없지요, 그럼요!"

배달부의 말에 준호가 소리쳤다.

"우린 충분히 건강하니까 제발 닥치고 가보시지!"

배달부의 얼굴이 일그러졌다.

"저렇게까지 화를 내실 필요는 없는데. 어쨌든 이런 곳에 사는 건 힘들죠."

배달부는 마지막으로 어머니에게 동의를 구하려는 듯 말을 하고는 문을 닫고 나가버렸다. 어머니는 불안을 느꼈다. 가난하고 예의도 없으며 보잘것없는 존재로 비치는 게 그녀는 싫었다. 하지만 그런 감정보다 훨씬 중요한 것이 있었다.

어머니는 바빌론 세트를 주방으로 가지고 들어가, 테이블 위에 바빌론 세트를 올려놓았다. 준호는 몹시 춥다는 듯 허벅지를 손바닥으로 두어 번 쓸어내리며 말했다.

"회사로 직접 찾아가면 원금을 찾아올 수 있을 거예요."

준호는 두통을 쫓으려는 듯 눈을 감은 채 미간을 찌푸렸다. 한나는 그런 준호의 얼굴을 멍하니 바라보았다. 파랗게 질린 준호의 얼굴에서 오래된 물이끼 냄새가 나는 것 같았다.

"저 사람 말 못 들었니? 난 이미 계약서에 사인했어. 절대로 원금을 줄 리가 없지. 이십 퍼센트나 물어야 하는데, 그럴 바에는……."

어머니는 박스 위에 묶여있던 붉은색 리본을 풀었다.

"엄마, 얼른 풀어 봐요. 시간이 없어."

준호는 그런 한나를 바라보며 물었다.

"한나, 너 오늘 이상한 거 알아? 왜 자꾸 재촉하는 거야?"

한나는 준호의 시선을 피하려는 듯 너저분하게 놓인 포장지를 한쪽으로 치웠다.

"이게 왜 필요해요, 대체? 그리고 이 돈을 어디서 구한 건지 들어야겠어요. 그래야 다시 일하러 가죠."

순간 집 안의 불이 꺼져버렸다.

"또 정전이야!"

한나가 소리쳤다.

"한나, 초를 가져와서 이 위에 올려둬라. 두 개를 켜. 너무 어둡지 않게. 우선 이걸 작동시켜야 하니까."

한나가 초를 찾아 움직이는 소리만 집 안 가득 들려왔다. 준호는 다시 눈을 감았다. 피곤했다. 따지고 보니 삼 일 내내 다섯 시간밖에 자지 못한 채 일을 한 것이다.

벌써 오 년째 일을 해왔지만 몸은 쉽게 적응하지 못했다. 펌프 시설의 전력은 늘 부족했고, 노동자들은 부족한 전력만큼 펌프질을 해야 했다. 펌프장을 생각하면 가슴이 꽉 막혀오는 것이었다. 준호는 한숨을 길게 내쉬었다.

순간 치익, 하고 성냥불 붙이는 소리가 들렸다. 한나가 촛대에 초를 끼웠다. 흔들리는 촛불에 비치는 벽시계와 낡아빠진 액자, 시커먼 수납장들이 물속에 잠긴 듯 아른거렸다. 한나가 두 번째 초에 불을 붙이자 작은 주방은 금세 환하게 밝아졌다.

"난 하루 종일 거대한 물속에 잠겨서 도시에서 흥청망청 살고 있는 사람들을 위해 밤새도록 펌프질을 해요. 그래 봤자 우리는 절대로 땅 위에서 살 수 없어요. 그래도 난 죽어라 일을 해서 그곳으로 돌아가려고 애를 쓴다고요. 그렇게 번 돈을 함부로 써버린 거예요? 도대체 왜요!"

준호는 거의 울 듯이 어머니에게 물었다.

"달라질 건 없어. 그리고 우린 이게 꼭 필요해."

그때 전화벨이 울렸다. 준호는 불안한 듯 몸을 떨었다.

"펌프장일 거야."

"어차피 지금 가도 넌 늦을 거다. 오늘은 쉬고 우리 셋이서 이걸 체험하자꾸나."

"제가 안 가면 다른 사람들이 나 대신 일을 해야 해요."

"다른 사람들 때문에 너는 매일같이 그렇게 일을 했어! 너도 하루쯤은 쉬어야 해."

"그 빌어먹을 상자 때문에 나는 이제 더 열심히 일해야 하는 거예요. 알겠어요?"

준호의 말에 강한 침묵이 어머니의 얼굴을 감쌌다. 촛불의 그림자가 어머니의 얼굴에 어른거렸다. 준호는 어머니가 꼭 다른 세상 사람인 것만 같았다. 그러는 동안에도 전화벨은 계속 울렸다. 준호는 전화를 받으려 몸을 일으켰다. 한나가 그 앞을 가로막았다.

"하루도 쉬지 않고 일하는 사람은 세상에 없어."

전화벨은 더 이상 울리지 않았다. 준호는 자신의 앞을 가로막고 있는 한나와 전화기 쪽을 번갈아 바라보았다. 머리가 무거웠고 몸은 점점 꺼져 들어갈 것 같았다. 쉬고 싶다고 준호도 생각했다.

"돈을 어떻게 지불했는지 꼭 이야기를 들을 거야. 그리고 늦게라도 일을 하러 갈 거야."

"뜯어야겠다."

어머니가 포장지를 뜯어내자, 바빌론 세트가 마침내 모습을 드러냈다. 촛불에 비친 바빌론 세트는 정육각형의 작은 상자에 불과했다.

"그까짓 거 부숴버릴 수도 있다고요."

한나는 준호의 말을 듣지 못한 척 촛불 가까이에 대고 설명서를 소리 내어 읽었다. 어머니가 한나의 말에 따라 정육각형의 상자 아래에 있던 세 개의 선을 연결했다. 그 모습이 어쩐지 능숙했다.

"이걸 부수면 손해를 보게 되는 건 우리야."

꿈꾸는 바빌론

준호가 모자를 집어 들고 소리쳤다.

"한심해요. 왜 대체 그것에 의지하려고 하는 거예요?"

어머니는 선을 연결하고 푸른색의 버튼을 자연스럽게 눌렀다.

"엄마, 얼마나 많이 체험해야 완벽하게 그 시간으로 돌아갈 수 있어요?"

한나가 물었다. 준호가 대신 대답했다.

"부작용이 있댔어. 그 체험은 뇌신경을 건드릴 거야. 세포를 죽이지 않고 그런 체험을 하는 건 불가능하다고 들었어."

어머니는 정육각형 상자에서 삐져나온 세 개의 기다란 연결선을 준호와 한나와 자기 앞에 가지런히 내려놓았다.

"우리 몸에서는 하루에도 수천 개씩의 세포가 죽어간단다. 게다가 기억을 담당하는 곳은 따로 있어. 세포랑은 상관없어. 우리는 이걸 잘 이용하면 되는 거야. 이걸 썩히다니, 그건 불행한 일이야. 이 현실에 치여 좋은 과거를 기억하지 못한다는 건 말이다."

"한나, 저 말은 엉터리니까 믿지 마."

"오빠, 부작용이 어떤 거야?"

준호는 확신 없이 대답했다.

"체험 속에서 살아야 한대. 반복해서 그 시간만……."

한나는 정육각형의 바빌론 세트를 바라보며 들리지 않게 중얼거렸다.

"오빠는 아직도 그렇게 살고 있을지도 몰라. 펌프질을 하면서……."

그때 다시 전화벨이 울렸다. 준호는 전화기 쪽을 불안하게 바라보았다.

"다 됐다. 오래 걸리지 않을 거야."

준호는 모자를 고쳐 썼다.

"아무리 길어도 십 분을 넘기진 못하니까."

이번에는 전화벨이 잠깐 울리다가 곧 끊어져 버렸다.

"조금 늦어도 될 거야. 비상시에는 자동펌프 시설이 작동한다고 오빠가 말해줬잖아."

한나의 말에 준호는 전화기 쪽을 바라보며 두 다리를 떨었다.

"전선을 관자놀이에 부착하렴."

어머니가 전선을 건네자 준호는 고개를 흔들며 뒤로 물러났다. 한나가 그런 준호의 이마에 전선을 붙이며 말했다.

"오빠, 한 번만 해봐. 응?"

준호는 어쩔 수 없다는 듯 대답했다.

"이번 한 번뿐이야, 한나. 알겠지?"

"이제 세 사람의 기억을 전송하면 돼. 언제가 좋을까?"

어머니가 물었다.

"당연히 땅에서 살 때로 해야지. 성주에 살던 때."

한나가 대답하자, 준호가 피식 웃음을 흘렸다.

"한나, 넌 그때 다섯 살이었는데 그때가 기억난단 말이야?"

한나는 그제야 준호를 향해 환한 웃음을 지어 보였다.

"그때 이후로는 줄곧 여기였으니까 거기밖에 없겠구나. 준호야, 이제 이미지를 전송하렴."

준호가 투덜거리듯 작은 소리로 속삭였다.

"어떻게 하는지 모르겠어요."

"그냥 떠올리기만 하면 돼. 난 벌써 전송했는걸."

한나가 준호에게 가르쳐 주었다.

"한나는 뭘 생각했니?"

"정원요. 꽃이 있었고, 강아지가 있던 여름 화창한 날 오후에요. 아빠가 있었어요."

어머니는 뭔가 생각에 잠긴 듯 잠시 말이 없다가 다시 입을 열었다.

"야외에서 햇살을 받던 날은 정말 따뜻하고 기분 좋았지. 지금처럼 땅을 빼앗겨서 갈 곳이 없지도 않았고 말이야. 준호야, 노란 장미와 빨간 장미, 분홍 장미가 정원 가득 피어있던 거 기억나니? 맨드라미랑 봉숭아도 있었는데."

상자에서 비추어 나오는 푸른 빛 앞에서 눈을 감은 채 미소를 짓고 있던 준호가 대답했다.

"정원 옆에 냇가도 있었잖아요."

"맞아! 그 냇가에 살고 있던 작은 물고기를 아빠가 잡아줬어."

한나는 손뼉을 쳤다.

그러는 동안 바빌론은 은은한 푸른빛을 띤 채로 저 스스로 강한 빛을 발했다가 약한 빛을 발하면서 혼합한 이미지의 데이터를 종합하고 있었다.

"또 뭐가 있더라?"

한나가 설레는 목소리로 묻자, 준호는 눈을 감은 채 빙그레 웃으며 말했다.

"햇살이 반짝거려서 눈이 부셔. 어머니는 그 옆에서 도시락을 꺼내고 있고, 아빠는 멀리서 우리를 바라보고 있고."

바빌론의 푸른색은 더욱 빠르게 흔들리고 있었다. 그때 다시 전화벨이 울렸다.

"무슨 일이 생긴 걸 거야."

준호는 옛 추억에서 깨어나 화들짝 놀라서 소리쳤다.

"한나, 아예 코드를 뽑아버리렴."

어머니가 말했다.

"오늘 단 하루야. 그러니까 이것만 끝내고 오늘은 쉬겠다고 전화를 걸면 되잖아."

한나는 전화 코드를 뽑고 재빨리 뛰어와 다시 장치를 연결했다. 준호는 푸른색의 바빌론 상자를 멍하니 바라보고만 있었다.

"다 전송이 된 것 같구나. 다시 시작할까. 그래, 칠 분이면 되겠지. 행운의 숫자니까."

어머니는 별 모양으로 된 시작 버튼을 눌렀다. 바빌론의 상자는 각자의 기억 속에 잠재되어 있던 과거의 이미지를 조합하기 시작했다. 그리고 그 이미지는 그들의 감각기관과 연결되어 곧 하나의 현실이 되어 떠올랐다.

"냇가에 가재가 있어요. 아, 아파, 물렸어."

준호는 눈을 감은 채 소리쳤다. 미간을 찡그리고 있었지만 입에는 환한 웃음을 짓고 있었다. 한나와 어머니 역시 성주에서

꿈꾸는 바빌론

있었던 시간으로 돌아간 것처럼 미소를 띠고 있었다.

"한나, 정말 귀여웠구나. 어쩜 이렇게 컸을까?"

어머니가 속삭였다.

"아빠가 한나를 안은 채 냇가에 들어와요. 아, 내 슬리퍼가 둥둥 떠 있어!"

세 사람은 눈을 감은 채 즐거웠던 한때를 즐기고 있었다. 과거는 아름다운 것들로만 조합되어 있었다. 냇가의 물은 쏟아지는 햇빛을 받으며 지상의 모든 곳으로 흘러 다녔다. 습기 없는 상쾌한 바람이 그들의 몸 쪽으로 천천히 불어왔으며, 걸음을 걸을 때면 부드럽고 푹신한 감각이 종아리까지 전달되었다. 집 마당에는 잘 말라 보송보송한 빨래가 바람에 흔들거렸고 정원을 뛰어다니는 한나의 뒤를 코코아 색 코카스페니얼 한 마리가 따라다녔다. 준호는 아버지가 선물해주신 글러브를 가지고 공놀이를 하고 있었다. 그 이미지는 세 사람 모두의 마음속에 주입되었다.

"뭔가 이상해."

어느새 세 사람은 급격하게 물살이 세진 냇가에 발을 담그고 서 있었다. 어머니는 무릎 위까지 차오르는 물을 바라보며 말했다.

"내 기억엔 이렇게 물이 많았던 적은 없었는데."

"뭔가 잘못된 거죠?"

준호가 말했다. 이제 냇가의 물은 허벅지 위까지 올라온 상태였다. 선 채로 버티기 힘들 정도로 물살은 점점 더 거세지고 있었다.

"엄마, 멈춰야 해요."

위태롭게 서있던 한나가 준호의 팔을 붙잡고는 말했다.

"다시 돌아가는 방법을 찾아야 하는데. 설명서를 두고 왔어."

따뜻한 햇살이 내리 쬐던 냇가는 순식간에 어두워졌다. 서쪽 하늘에서의 먹구름이 빠른 속도로 냇가 쪽으로 오고 있었다.

"나 때문이야. 내가 펌프실 생각을 한 거야."

어머니와 한나는 거세어진 물살에 떠밀려 어쩔 줄 몰라 하고 있었다.

"가슴까지 물이 차올랐어. 어디로 가야 하지. 어떻게 움직여야 하지?"

셋은 서로를 꼭 끌어안았다.

그때 또다시 벨이 울렸다.

"코드를 뽑은 게 아니었어?"

준호가 말한 순간, 바빌론 세트의 불빛이 팟하고 꺼졌다. 세 사람은 어두운 주방으로 돌아와 있었다. 그러나 촛불이 어른거리는 주방에는 발목까지 물이 차올라 있었다.

"펌프 시설에 문제가 생긴 거야, 틀림없이."

준호는 전화기 쪽으로 다가갔다. 전화벨은 전혀 울리지 않고 있었다. 초인종 소리였다. 준호는 비좁은 거실의 물건을 이리저리 넘어뜨리며 현관 쪽으로 나아갔다. 흥건해진 물은 안 그래도 낡아빠진 거실의 소파며, 테이블을 아예 못 쓰게 만들고 있었다.

"누구세요?"

준호가 문을 열자, 비옷을 입은 구조대가 문 앞에 서서 말했다.

"피하셔야 해요. 펌프 시설이 고장 났어요. 이곳도 곧 물에 잠길 거예요."

준호가 소스라치게 놀랐다.

"비상 펌프는요?"

비옷을 입은 남자가 땀을 닦으며 말했다.

"비상 펌프 따위 나는 몰라요. 어쨌든 지금 당장 높은 곳으로 이동해야 합니다. 철판 위 집들 중에 대피하지 않은 집은 이 집뿐이라고요. 당신들 때문에 내가 얼마나 힘이 들었는지 알아요?"

구조대원은 바빌론 상자를 배달한 남자와 닮아있었다. 이상한 것은 그것만이 아니었다. 비가 와서 홍수가 났다고 말하는 그의 옷은 전혀 젖어있지 않았다.

"갈 수 없어요. 저 산은 모두 임자가 있잖아요. 우린 저 땅에 들어갈 돈이 없어요."

어머니가 구조대를 향해 항변하듯 말했다.

"법령에 의거해 비상시에 올라갈 수 있는 곳이 있으니까 염려 말고 나오기나 하시죠? 이런 곳에 살면서 기본 법령조차 숙지하고 있지 않다니, 참 어리석군요."

구조대원은 세 사람을 힐난하는 눈빛으로 바라보았다.

세 사람은 밖으로 나가 철판 위를 걷기 시작했다. 순식간에 억수 같은 비가 쏟아지기 시작했다. 그러나 철판 길 위에는 빗방울 떨어지는 소리가 나지 않았다.

"참, 바빌론을 두고 왔어."

어머니가 뒤를 돌아보았다.

"두고 가요. 고장 났을 거야. 저 빌어먹을 바빌론 때문에 죽을 뻔했잖아요."

준호가 어머니의 팔을 잡아끌었다. 어머니는 구조대원을 향해 기다려 달라고 소리쳤지만 그는 혼자서 앞으로 나아갔다.

"넌 늘 물 생각뿐이구나. 니 생각이 체험을 망쳤잖니. 하루쯤은 펌프 시설을 생각하지 않고 쉬어도 되잖아!"

어머니가 준호에게 소리쳤다.

"엄마, 내 잘못이에요. 바빌론 상자에 이미지를 전송할 때 홍수를 생각해낸 건 나였어. 나한테는 좋았던 과거의 기억이 너무 적단 말이에요."

한나가 울먹였다.

"넌 너무 어렸으니까. 덕분에 땅이나 실컷 밟는 거야. 그놈의 철판 위에 사는 것도 정말 지겨웠어. 이 비에 모든 것들이 다 휩쓸려 가버렸으면."

앞에서 걷고 있던 구조대원이 뒤를 돌아보며 말했다.

"저기 줄 서있는 사람들 보이죠? 저 줄을 따라 산으로 올라가세요."

철판이 끝나는 길 위로 난 산비탈에는 줄을 서서 사람들이 올라가고 있었다.

"엄마, 저 사람 보여요? 세상에 티브이로만 보던 사람인데 저기에 있잖아."

한나는 자기 눈을 믿을 수 없다는 듯 중년의 배우를 멍하니 바라보고 있었다.

준호도 이상하다는 듯 중얼거렸다.

"저 사람이 이렇게 가난한 동네에 살 리가 없잖아."

어머니도 걸음을 멈추었다.

"뭔가 이상하구나. 정말로."

준호는 여전히 뭔가에 홀린 사람처럼 중얼거렸다.

"여기가 어딘지 통 알 수가 없어요."

그때 한나가 소리쳤다.

"해가 떴다! 이제 됐어! 됐다고!"

비가 그치고 사위는 환했다.

"엄마, 이건 현실이 아니야. 그렇죠! 바로 이게 체험이라고요. 대체 어디서 꼬인 거지?"

세 사람이 다시 현실 속으로 돌아오는 찰나, 문 두드리는 소리가 들렸다. 누군가 밖에서 준호를 부르고 있었다. 준호는 이마에 붙은 바빌론의 전선을 떼어내고는 밖으로 나갔다. 한나는 바빌론의 상자에 표시되는 시간을 바라보았다. 설정해 두었던 칠 분의 시간이 끝난 것이다.

"대체 왜 전화를 안 받는 거야? 펌프 시설에 문제가 생겼단 말이야. 서둘러!"

준호는 한나와 어머니에게 인사도 건네지 못하고 바로 펌프실을 향해 뛰어가 버렸다.

어머니는 불 꺼진 주방의 의자에서 혼자서 깨어났다. 한나는 주방의 테이블 위에 엎드린 채 여전히 체험 속에서 깨어나지 못한 상태였다. 어머니는 한나를 깨울까 하다가 그만두었다. 깨어나면 준호가 영영 사라져 버렸다는 사실에 다시 직면해야만 하므로.

어머니는 불 꺼진 바빌론 상자를 맥없이 바라보았다. 이 체험은 준호를 볼 수 있는 기회를 주지만, 체험이 끝날 때마다 또다시 준호를 상실했다는 슬픔을 반복해야만 했다.

"그 아이는 올 때마다 내게 묻겠지. 그 돈을 어디서 구했냐면서……."

한나는 테이블 위에서 몸을 일으켰다. 악몽에서 깨어난 한나의 머리를 무거운 두통이 꽉 누르고 있었다.

"이 체험 때문에 오빠의 마지막 모습도 떠오르지 않아. 오빠가 죽은 대가로 받은 기계 때문에 우리는 매일매일 더 슬퍼지고 있어요."

"준호를 만날 수 있다면 그걸로 족하다고 생각했지. 하지만 우리는 제대로 준호를 기억할 수도 없게 된 거야."

"그 사람들은 오빠가 있는 줄 알면서도 펌프실 문을 잠가버렸어. 그리고는 기계를 작동시켰어. 땅 위의 사람들은 아무렇지도 않게 살고 있는데 오빠는 그 사람들 때문에 매일 죽고 또 죽어. 이곳 사람들을 죄다 바빌론 상자 속에 밀어 넣어버리고 현실로 돌아오지 못하게 만들려는 거야."

"현실하고 꿈은 너무 바짝 붙어있어서 한쪽이 찢어져 버리면 다른 쪽도 상처 입는다는 걸 나는 몰랐어. 하지만 우리가 체험을 그만두면 준호는 갈 데가 없잖아."

꿈꾸는 바빌론

한나가 흘러내리는 눈물을 손등으로 닦으며 말했다.

"엄마, 이 체험을 관두고 돌아가야 해요. 오빠를 그만 놓아 줘요."

어머니는 자꾸만 문 쪽을 바라보았다. 그때 초인종 소리가 들렸다.

"준호가 다시 온 거야."

어머니가 벌떡 일어났다. 한나는 어머니의 팔을 붙잡았다.

"엄마, 이제 깨어나야만 해요."

어머니는 소리를 내지 않으려고 입을 다물고 있다가, 동물처럼 울기 시작했다. 울음소리가 잦아들 때마다, 집 밖에서는 철커덕 철커덕, 철판 위를 걷는 소리가 들려왔다.

서울 묵시록

갑작스러운 소란에 나는 잠에서 깨어났다. 창밖은 어두웠고 기차는 멈춰 있었다. 천안 부근의 유실된 철로를 복구 중이라는 기관사의 목소리는 차분했다.

사람들의 시선은 열차 내부에 달린 텔레비전을 향해 있었다. 화면에서는 3.8선과 판문점을 통과해 쏟아져 들어오는 북한 사람들의 모습이 재생되고 있었다.

밀려드는 북한 사람들 때문에 몸살을 앓는 건 서쪽 항구도 마찬가지였다. 항구 가득 정박해 있는 배에서 사람들이 빠져나오고 있었다. 해방이, 구원이, 새로운 세상이 펼쳐져 있었다. 그들은 밤새도록 들어오고 또 들어왔다. 통일은 강도처럼 도래해 있었다.

통일 이후 서울은 점점 쓸모없는 도시로 변해가고 있었다. 중국의 마피아들은 종로를 점령했고 북측의 젊은이들은 유령처럼 거리를 배회했다. 그들은 기회만 생기면 싸움을 했다. 깨진 보도블록이 도로 위를 날아다녔고, 경찰이 출동해도 그때뿐이었다.

"용산 말입니까? 필리핀이랑 중국 애들이 자리다툼을 하고 있다는 걸 잘 아실 텐데요."

"해방촌에 꼭 들러야 해서요."

그가 담배를 피워 물었다. 관광객들 대신, 총싸움을 좋아하는 갱들이 폐쇄된 전철역 입구를 배회하고 있었다.

"최대한 빨리 일을 처리했으면 합니다. 돈은, 얼마든지 드리겠습니다."

"그렇다면 어쩔 수 없지요. 날짜를 한 번 잡아봅시다."

땅거미가 지자, 한산했던 명동 거리는 북측 젊은이들로 북적였다. 그들은 도로 한복판에서 춤을 추거나, 자동차를 막아서서 운전자를 끄집어내 흠씬 두들겨 패면서 하루를 보낼 것이다. 불법천지. 그들에게 자유와 방종은 다른 사람을 해치는 무기였다.

"내일 다시 전화를 드리죠. 이런 일은 한 번에 결정해선 곤란한 법이니까요."

그는 담배꽁초를 바닥에 떨어뜨렸다.

"길 건너까지 제가 데려다 드리죠. 명동에 오실 때 그런 재킷은 곤란해요."

나는 그제야 내가 입은 옷을 내려다보았다. 금색 단추가 여섯 개 달린 재킷. 몇 주 전, 한 남자가 북한 측 군복을 연상시키는 옷을 입었다는 이유로 두들겨 맞았던 일이 퍼뜩 떠올랐다. 재킷의 앞섶을 두 손으로 감싸 쥐고는 주변을 둘러보았지만 내 옷을 주시하는 사람은 없었다.

빠르게 걸어가는 우리 뒤로 북한 사투리와 중국말이 어지럽게 쏟아졌다가 사라졌다. 오른쪽 길모퉁이에는 삼십오 년 전, 이 나라 최초로 세워졌던 미국의 프랜차이즈 커피숍이 있었다. 커피숍의 간판도 인테리어도 그대로였지만, 이제 그곳에서는 북한 사람들이 햄버거를 팔고 있었다. 그곳에서 멀쩡히 장사를 한다는 것은 그들이 꽤 탄탄한 세력의 도움을 받고 있다는 걸 의미했다.

명동을 빠져나와 대로를 건넜다. 그가 말했다.

"잘 생각하셔야 합니다. 여긴 옛날 당신이 살던 서울이 아닌 걸 아셔야 해요."

시청 부근의 거리는 평온했다. 그래 봐야 경찰이 북한의 갱들과 거래하고 있다는 사실을 모르는 사람은 없었다. 나는 길게 숨을 내쉬고는 생각했다. 어떻게 한 도시가 이렇게 달라질 수 있을까.

이 모든 상황을 이끈 것은 6.1선언이었다. 경제 협력기구 포함 조치에 이어 동등한 파트너로서의 경제 국가로 거듭나자는 취지 아래, 비관세 조치와 기술 이양 조치가 선언의 주된 내용이었다. 두 민족의 본질적인 공동체 의식을 다지되, 각자의 독립성을 해하지 않아야 한다는 협약과 선언은 양국 시민들에게 건전한 의식을 심어주었다는 평가를 받기도 했다.

지구상의 유일한 분단국가가 이처럼 많은 정치적 성과를 이뤄낸 적은 한 번도 없었던 것이다. 남측의 라이프 스타일과, 드라마, 영화, 가요 등이 빠르게 유입되었고 자신들을 키워왔던 수령과 정치체제에 대한 불만이 폭발했다. 그들은 모든 것을 거부

했다. 통일이 합의되었다는 북측 관리의 발표가 타전된 순간, 모든 것이 끝나 있었다.

시청 앞에는 수도 내곽을 순환하는 버스가 서있었다. 나는 버스에 올라탔다. 버스 좌석에 앉아있는 사람들은 거의 남측 사람들이었다. 화사한 봄 재킷을 입었다는 것은 그들이 남측 사람들이며, 또한 그들이 안전하다는 신호였다.

북측 사람들이 섞여 있긴 했지만 그들은 남측 사람을 닮고 싶어 하는 사람들이었다. 명동의 북한 청년들도 남쪽 사람처럼 보이고 싶어 했다. 그들은 총과 파이프를 든 채 헤어스타일을 바꾸고 브랜드 옷을 훔쳐 입었다. 그 모순 위에서 그들은 너무도 당당히 서있었다. 어쩌면 그것이 남측 사람들이 그들을 두려워하는 이유인지 몰랐다.

나는 자리에 앉아 창문을 조금 열었다. 봄바람이 열린 창문 사이로 슬쩍 들어왔다. 창문으로 들어오는 이 바람은 십 년 전에 불던 바람과 무관할까, 하고 나는 생각했다. 십 년 전, 서울의 바람은 지금 어느 곳을 휩쓸고 있을까. 오래된 것들, 잃어버린 것을 생각할 때면 왜 저릿한 통증이 목 아래를 자극해 오는 것일까. 예전에 나를 감싸던 그 공기들은 명치 어디쯤에 숨겨져 있는 것인가. 하지만 목 아래의 알싸한 감각은 내가 충분히 음미하기도 전에 금세 사라져 버려서, 나는 그 감각을 다시금 느낄 수 있는 곳으로 떠나고만 싶었다.

버스는 교차로에서 신호를 기다리고 있었다. 이곳만 지나면 완벽한 안전지대였다. 앞자리에 앉은 젊은 여자가 불안한 듯 창밖을 내다보고 있었다. 신호가 바뀌고 버스가 한남대교로 진입하자 여자는 안도의 숨을 내쉬었다.

한남대교를 넘자마자 도로 중앙에 바리케이드가 눈에 들어왔다. 운전기사가 갓길에 차를 세웠다. 기사가 문을 열자, 경찰 두 명이 버스 안으로 올라왔다. 소총을 멘 경찰에게 신분증을 보여주면, 뒤따르는 경찰이 신분증의 바코드를 기계로 찍으며 확인해 나아갔다.

신분증이 없는 사람은 바리케이드를 넘을 수 없었다. 종종 신분증을 잃어버려 곤욕을 치르는 사람도 있었다. 그럴 때면 그는 보증인이 그를 데리러 올 때까지 좁은 철장 안에 갇혀있어야 했다.

경찰이 버스에서 내리자, 버스는 안전지대로 불리는 구역 이곳저곳을 돌았다. 예전의 영광은 남아 있지 않았다. 도시 기능은 축소되었고, 가게도 최소한의 것만 남아 있었다. 정부에서 운영하는 식료품 가게 몇 곳은 아예 경찰들이 지키고 서있었다. 간혹 꽃을 파는 가게나, 카페가 있기는 했으나 겨우 입에 풀칠할 정도였다. 싸늘하게 식어버린 도시. 다 끝나 버렸다는 절망감. 이 싸늘함에 비한다면, 과거 밤늦게까지 흥청망청했던 서울의 거리는 얼마나 건강했던가.

나는 압구정동의 아파트 단지 앞에서 내려 빵가게에 들어갔다. 통일 당시 기자 신분으로 한국에 파견되었다가 서울에 눌러앉은 프랑스인이 운영하는 가게였다. 혼자서 빵을 만들다가 얼마 전에는 북한 아이 하나를 데려다 놓고 일을 했다. 그러니까 그는 북한 사람의 보증인이 된 것이다.

"일은 잘되고 있지요?"

그는 만날 때마다 비슷한 말을 던졌다.

"네. 덕분에요."

"그 사람, 그런 일 하나는 끝내주게 하지요. 어딜 가도 이방인으로 보이질 않으니까. 참 신기한 재주에요. 그렇지 않아요?"

나는 고개를 끄덕였다. 북한 아이는 하얀 앞치마를 입고, 머리에도 하얀 모자를 쓴 채 부지런히 가게의 선반을 닦고 있었다.

"그 덕분에 저 같은 사람이 쉽게 일을 볼 수가 있는 거니까요."

아이는 이제 선반 청소를 마치고 유리창을 닦고 있었다. 강이북에서는 볼 수 없는 깨끗한 유리창이었다. 아이는 푸른색의 전용 세제액을 창문에 뿌리고는 신문지로 유리창을 문질렀다. 뽀드득뽀드득. 그 소리가 신기한 듯 투명한 유리를 바라보는 아이의 눈. 비현실적인 장면이었다.

"저도 베트남에서 그이의 도움을 받은 적이 있다고 말했었죠?"

벌써 수십 번째 그는 이 이야기를 반복했다.

"베트남 사람들은 그이를 오래된 친구처럼 여겼어요. 어딜 가나 마찬가지였어요. 작은 마을에 몽골인들이 모여서 사는 곳에서도 마찬가지였어요. 근데 말이에요. 그 사람은 결국 다른 사람 아니에요? 우리에게는요."

그 프랑스인은 희한하게도 자신이 한국에 있다는 사실만으로 이미 나와 자신을 우리라고 생각하고 있었다. 그러면서도 여전히 우리의 일을 봐주고, 늘 위험한 일을 처리해주는 그와는

서울 묵시록

선을 그었다.

"무슈! 빵 꺼내세요!"

북한 아이가 오븐이 있는 주방에서 고개를 내밀고 소리치고 있었다. 아이는 금세 자기 자리를 만들어내고 있었다. 이곳에서 저곳으로 옮겨 다니며 자신의 생명력을 과시하듯.

나는 물었다. 왜 이렇게 퇴락해가는 도시에 자리를 잡은 것이냐고. 여러 번 그렇게 물었지만 그의 대답은 똑같았다.

'연애랑 비슷한 거죠. 과거를 잊기 위해서는 다른 곳에서 시작하는 게 제일 빠르거든요.'

어떤 사람에게 끝인 곳이 어떤 이에게는 시작이 될 수도 있다는 것이다. 하지만 이 몰락의 도시에서 새로운 삶을 시작한 그를 볼 때마다 나는 이상한 소외감을 느끼곤 했다.

빵을 사 들고 집으로 들어가서 나는 텔레비전을 켰다. 뉴스에서는 종로에 경찰 병력을 배치해 강북과 종로 일대의 치안을 다잡겠다는 경찰 발표가 보도되고 있었다. 곧이어 개성과 신의주 공업단지 완공 소식이 이어졌다. 광활했던 들판의 옛 모습과 현재의 스틸 컷을 교차시켜 통일 이후의 성과를 과시하려는 듯했다.

시민 인터뷰를 이용한 적절한 비판도 이어졌다. 통일 이후 경제와 민생 문제 등에 불만을 토로하는 시민들의 탄식이 대부분이었다.

통일 전, 중국 자본이 서울의 금융권 및 부동산 시장을 매입하고 있다는 이야기가 있었다. 중국 마피아들이 통일 직후 쏟아져 들어온 것도 모두 계획된 일이라고들 했다. 소문이 현실로 드러나자 사람들은 진실을 배운 척했다. 속았다, 혹은 대중은 우매하다면서 분개하고 자조했다. 그러면서도 그들은 제 자리에서 움직일 줄 몰랐다. 누군가 자신들을 구원해줄 것이라고, 누군가 서울을 다시 복원해줄 것이라고, 이렇게 무너질 리 없다는 믿음을 놓지 않았다.

돈 많은 사람들은 재빨리 북으로 올라갔다. 잘 훈련된 북의 군인들을 고용해 자신들을 보호했다. 개척이 안 된 곳으로 가서 땅을 사고 건물을 짓기도 했다. 덕분에 평양과 개성지역의 땅값은 하루가 다르게 뛰었다. 청진이나 이원같이 자원 많은 도시도 시끄럽기는 마찬가지였다. 그들은 진작부터 자신들 앞에 놓인 광활한 영역을 주시하고 있었던 것이다.

물론, 남한 사람들은 말했다. 북한은 춥고, 화산재가 건강을 망치고, 남한 사람들의 돈을 뜯으려고 혈안이 된 사람들로 가득차 있다고. 그도 그럴 것이 지금 서울의 모습은 그들이 생각했던 통일이 아니었다. 피의 대가를 치르지 않고 조용하고 신사적인 통일을 이루었으니 최소한의 혼란을 겪고 이제는 강대국이 되어 있어야 옳았을 텐데, 서울의 혼란은 질서가 되어가고 있었다.

전화벨이 울렸다.

"오늘 밤에 해방촌에 들어갑시다."

그였다.

"지금 바로 데리러 가겠으니 준비하고 계세요."

기다리지 않았던 통일처럼, 용산에 가는 일도 급작스럽게 찾아왔다.

전화를 끊고서 나는 소파에 드러누웠다. 거실 천장에는 누런 얼룩이 생겨 있었다. 지난여름 장마 때 습기가 남긴 자국이었다. 모든 것이 잘 정돈된 이 집에서 이런 흔적들은 용케도 잘 숨어 있었다. 모든 것이 헝클어진 서울에서 나는 무엇을 정리하려고 애쓰는 것일까.

전화벨이 다시 울렸다.

"나오시오."

그에게 처음으로 듣는 북한 억양이었다. 나는 신발을 꿰어 신고 밖으로 나갔다. 휑한 아파트 주차장에서 그는 자동차 문을 열어놓고 담배를 태우고 있었다.

"서로에게 행운을 빕시다."

우리는 다시 다리를 건넜다. 에너지 절약론 때문에 다리 위 가로등은 띄엄띄엄 켜져 있었다. 한강도 검게 죽어있었다. 차 안 으로는 강바람이 불어오고 있었다.

차가 용산 시내에 진입했다. 창밖의 분위기는 훨씬 더 을씨 년스러웠다. 번화했던 시내의 건물들은 사람의 손길이 닿지 않 아 빠르게 부식 중이었다.

"거의 다 왔습니다. 조금 있으면 차 꽁무니로 중국 애들이 달 라붙을 거예요. 한국인 등록증을 달라고 할 거요. 그 애들 장사 밑천이니까. 하지만 그러지 않는 편이 나아요. 내가 적당히 둘러 댈 테니까 입 다물고 있어요."

"등록증은 아무래도 상관없어요."

"그걸 줘버리면 다시 서울에 오고 싶어도 올 수 없어요. 댁이 여길 떠나버리면 다른 누군가 당신 행세를 하며 살게 된단 말입니다."

나는 대답하지 않았다.

조용한 도로 위로 차 두 대가 따라붙어 있었다. 놀리듯 우리 뒤에 바짝 붙었다가 멀어지고를 반복했다. 그는 경찰들이 몇 명 서있는 역 앞에서 차를 멈추었다. 경찰들은 비상등을 켠 채로 우리를 주시하고 있다가 어딘가로 사라져 버렸다. 그는 창문을 열고 담배를 피우며 백미러를 주시했다. 지갑에서 등록증을 꺼내 그에게 건네자, 그는 등록증은 받지 않고 내게 물었다.

"제대로 생각해보고 하는 겁니까? 다시 이곳으로 돌아올 수 없대도요?"

"그렇다면 더더욱 줘야겠군요."

그때 갑자기 차창을 두드리는 소리가 들렸다. 그가 창을 열자 중국어가 몇 마디 튀어나오더니 다시 어눌한 한국말이 들려왔다.

"형씨들, 도움 필요합니까?"

그는 중국 쪽은 보지도 않고 내게 말했다.

"결정한 겁니까?"

"그렇습니다."

그는 내 손에서 주민등록증을 잡아채서는 그쪽에 내밀었다.

"잘 생각한 겁니다."

검은색 양복에 골프 티셔츠를 안에 받쳐 입은 청년이 대답했다. 스무 살도 안 되어 보이는 청년이 어른 행세를 하는 것이었다. 그 옆에 서서 지켜보기만 하는 자는 좀 더 나이가 있어 보였다. 홀쭉하게 뺨이 들어갔지만, 단단하게 다져진 몸을 가졌을 것이다.

"오늘 밤에는 보호해 드리죠."

중국 쪽 아이가 단말기를 꺼내 주민등록번호를 입력하더니 내 쪽으로 주민등록증과 함께 자기 명함을 던져 넣었다.

"백만 원이오."

나는 지갑에서 준비해 둔 수표를 꺼내 건넸다. 중국 아이는 수표를 확인하고는 자기 차로 되돌아갔다.

그는 다시 운전을 시작했다. 천천히 해방촌 쪽으로 올라가는 동안 차 몇 대가 위협하듯 가까이 다가왔다 사라졌다.

"왜 이곳을 떠나려는 겁니까?"

"한국에선 패배한 경험이 전부예요. 이 사회는 줄곧 그런 경험이 쓸모없다는 것만 가르쳤어요. 그런 경험만 하면 사람은 살 수가 없어요."

"어딜 가든 통일조선 사람이 살긴 어려울 거요."

나는 잠시 입을 다물었다가 생각나는 대로 말을 뱉었다.

"단 한 번이라도 선택이란 걸 하고 싶습니다."

흠, 하고 그가 신음을 내뱉었다.

언덕을 오를 때, 차는 짐승처럼 기침을 했다. 오거리에 도착하자, 포장마차가 하나 서있었다.

"여기서부터는 걸어야 합니다."

옛 파출소 자리에 차를 대놓고 포장마차 안을 슬쩍 들여다보았다. 주인은 바쁘게 손을 움직이며 어묵 국물을 끓여내고 있었다. 혼자 앉아 국수를 먹고 있는 사람이 중국인인지 북한 사람인지 남한 사람인지 분간이 되진 않았다. 그 풍경은 통일 전의 시간이 되살아난 것 같은 착각을 불러일으켰다.

그는 몇 군데 건물 앞에서 주소지를 확인하더니 오른쪽 골목 안으로 들어갔다. 골목 안은 슬래브 지붕이 여전히 존재하는 곳으로, 고엽제니 상이용사니 하는 단어가 집 앞 간판에 붙여있었다. 약국도 과일가게도 문을 닫았지만 그곳은 사람이 사는 곳처럼 여겨졌다.

골목으로 오십 미터 정도 안으로 들어왔을까. 그가 현관문이 바로 나 있는 허름한 집 앞에 멈춰 섰다.

"여기네요."

가지고 있던 열쇠로 문을 열자, 그는 가지고 있던 손전등을 켰다. 작은 주방이 눈에 들어왔다. 주방 안쪽에 난 문을 열자 아버지가 사용했을 방이 모습을 드러냈다. 낡은 매트리스와 그 위에 곱게 개어진 이불, 작은 앉은뱅이책상과 비키니 옷장. 허름하기 짝이 없는 살림살이였다.

옷장 문을 열어보았다. 겨울 점퍼가 하나, 얼핏 봐도 십 년은 더 되었을 것 같은 양복과 와이셔츠, 그리고 바지 몇 개가 전부였다. 책상 서랍에는 오래된 통장과 노트 한 권, 그리고 사진이 몇 장 있었다. 사진 속 아버지는 낯선 여자와 미소 짓고 있었다.

'미안하구나. 나는 물려줄 게 하나도 없는데 너는 책임져야 할 게 있어서.'

어머니는 오래전 헤어진 아버지의 장례까지 치르게 한다는 것을 미안하게 생각했다.

"서두르는 게 좋겠소. 벌써 네 시에요."

나는 아버지의 서랍에 있던 노트를 떠들어 보았다. 노트에는 날짜와 함께 지출목록이 적혀있기도 하고, 이불, 세제와 같이 사야 할 품목들이 적혀있는 곳도 있었다. 노트 중간 즈음에는 기차 티켓이 들어 있었는데, 통일 이후 후줄근하게 바뀐 기차 티켓이었다. 우습게도 날짜는 오늘 정오였다. 오늘 낮, 신의주행, 서울을 떠나는 기차.

창문으로 서서히 해가 떠오르고 있었다. 나는 그에게 담배를 한 대 빌려 불을 붙이고는 물었다.

"왜 이런 일을 하십니까? 그 정도 실력이라면 얼마든지 돈 되는 일이 있을 텐데요."

그는 담배를 한 모금 들이마시며 창밖을 주시했다.

"성경을 읽어 봤습니까?"

"네. 조금은 압니다."

"출애굽기를 아시겠지요."

그는 창밖에서 눈을 떼지 않은 채 말을 이었다.

"유대인들이 광야를 사십 년 동안 헤맬 수 있었던 건, 사람들이 함께 있었기 때문이오. 지금은 그런 시대가 끝났소. 우린 모두 혼자요. 나는 혼자인 이들의 탈출을 돕는 거요."

밖에서는 개가 짖었다. 컹컹하고 짖을 때마다 해방촌의 대기가 조금씩 뒤로 밀려 나갔다.

갑자기 시끄러운 굉음이 들려왔다. 거대한 물체가 콘크리트 벽을 여러 번 내려치고 있는 소리, 둔탁한 소리가 여러 번 들리더니 무언가 넘어진 것처럼 쏴르르 하는 소리가 들렸다. 잠시 동안의 침묵, 그러다가 다시 시끄러운 굉음, 이번에는 여러 가지 소리가 뒤섞여 있었다. 무언가가 부서지고 무너지고 있었다.

그가 재빨리 밖으로 뛰어나갔다. 얼마 되지 않아 돌아온 그가 내 팔목을 잡고 나를 골목길로 끌어냈다. 건물들이 헐리고 있었다. 우지끈하는 소리에 뒤를 돌아보자, 포클레인의 삽자루가 내가 방금 나온 낮은 건물 지붕을 내리찍었다. 슬래브 지붕은 순식간에 우르르 부서져버렸다. 다시 한 번 삽자루가 허공에서 움직이자 건물은 거의 제 형체를 잃었다. 서있을 때도 비슷하던 해방촌의 건물들은 무너지고 나서도 여전히 비슷했다.

"용산은 완전히 중국 손에 넘어갔답니다. 밤사이에 일이 끝난 모양이에요."

그는 이내 해방촌의 골목 사이사이로 내 손목을 이끌고 빠르고 걸어나가기 시작했다. 해방촌은 폐허가 되어있었다. 들어갈 때 오거리였던 곳이 이제 사방이 열린 것처럼 보였다. 나는 그를 따라 파출소 앞에 세워둔 차에 올라탔다.

"어디로 가시겠어요?"

나는 망설이지 않고 대답했다.

"용산역으로 가주겠소?"

서울 묵시록

차는 언덕길을 따라 빠르게 내달렸다. 허물어진 건물의 잔해를 실어 나르는 트럭들이 요란하게 왔다 갔다를 반복하느라 해방촌은 먼지 구덩이가 되어있었다. 나는 콜록콜록 기침을 했다.

차는 순식간에 용산역에 도착했다. 작은 역 광장에는 삐라가 날고 있었다.

〈여기서부터 하느님 나라〉

〈세상 종말의 시작〉

〈하늘나라에서 이산가족을 찾읍시다!〉

인도 위로 사람들이 조금씩 불어나고 있었다. 나는 사람들에게 밀리듯 역으로 난 계단 위로 올라갔다. 사람들은 점점 많아져 도로까지 넘나들었다. 차들은 속도를 늦추며 빵빵 경적을 울렸다. 경적 소리는 이내 인파 소리에 파묻혀 버렸고 도로와 인도의 경계는 순식간에 사라져 버렸다.

거리의 사람들은 북한 사람인지 중국 사람인지 이태원에서 흘러나온 외국인들인지 구분할 수 없었다. 확성기를 든 사람이 한마디를 외칠 때마다 사람들이 따라서 소리를 외쳤다. 주문 같은 요사스러운 말이었다. 그 속에서 나는 아주 잠깐, 이 모든 게 무너진다면 차라리 좋겠다고 생각했다. 싸그리 무너지고 사라져서, 떠도는 사람들의 기억 속에만 남는 도시가 된다면 하고 말이다.

"전쟁이 시작되는 겁니다. 이젠 일본 애들이 날뛸 차례니까요."

시계탑의 시계가 정오에 가까워지고 있었다.

"어디로 가십니까?"

내가 물었다.

"글쎄요. 다른 사람들에게 가야죠."

그는 자유로워 보였다. 한 번도 내가 속해 보지 못한 자유에 소속되어, 떠나려는 이들의 등을 밀며 삶을 재촉하고 있었다.

그때 역 한편에서 사람들의 비명이 쏟아지기 시작했다. 멀리서 총소리가 들린 것도 같았다. 그는 내 등을 떠밀고는 어서 떠나라고 손짓하고는 순식간에 사람들 속으로 사라져 버렸다.

나는 계단을 뛰어오르다 말고 뒤를 돌아다보았다. 놀랍게도 나의 잔혹한 바람이 이루어지고 있었다. 서쪽에 있는 높은 건물이 서서히 사라지고 있었다. 무언가 부드러운 것이 높은 건물을 뭉개는 것처럼 보였다.

어떤 건물은 숟가락으로 생크림을 뜨는 것처럼 움푹움푹 파이고 있었다. 하느님께서 콘크리트로 된 아이스크림을 즐기고 있기라도 한 것일까. 옆 건물도 빠르게 파여 나갔다. 사방이 그렇게 사라지고 있었다.

구경은 오래가지 못했다. 사람들이 역 안으로 뛰기 시작했기 때문이다. 유리문 앞에서 코피를 흘리는 앳된 북한 아이의 얼굴에는 공포심이 서려 있었다. 검정 가죽을 입은 중국 마피아들이 함께 뛰어오르던 중년 남성의 얼굴을 후려갈겼다. 누군가 밟혔고 소리를 질렀고 넘어지고 골통이 터졌다.

플랫폼 입구에서 총을 든 군인들이 기차 티켓을 확인했다. 나는 아버지의 티켓으로 플랫폼에 들어갔다.

신의주행이라고 쓰인 기차에 오르자마자, 기차는 출발했다.

서울 묵시록

역 광장은 그렇게나 시끄러운데, 기차 안은 평화롭기 그지없었다.

자리에 앉아 창밖을 바라보았다. 빠르게 스쳐 가는 광경에는 오직 들판뿐이었다. 이따금씩 보이는 공장지대는 얼른 스쳐 지나가 버려서 그것이 사라지고 있는 것인지 여전히 그대로 남아 있는지 알 수 없었다. 그리고 영영, 창밖에는 그 어떤 것도 보이지 않았다. 오직 강과 들판뿐이었다. 전신주도 없었고, 콘크리트 건물도 보이지 않았다. 나는 주머니에서 이어폰을 꺼내 귀에 꽂았다. 휴대전화의 버튼을 누르자, 옛 노래가 흘러나왔다. 다행히 음악은 거기 있었다.

모든 게 다 사라진 풍경을 바라보며 나는 한 번도 가보지 못한 미래를 상상했다. 그곳은 춥고 화산재가 날리고 사람들은 나를 이방인 취급을 할지도 모른다. 그렇게 이해받지 못한 채 외지인으로 떠도는 것도 나쁘지 않을 것이다. 운이 좋다면 나와 비슷한 사람들과 친구가 될 수도 있을 것이다. 그러다가 조금 싸움을 하다가 이내 다시 친해지고. 일을 하는 동안 기후에는 금세 익숙해질 수도 있을 것이다. 보일러를 고치거나, 수도관을 설치해도 되고, 건설 현장이라면 얼마든지 있으니까. 상상 속에는 묘한 기시감이 섞여 있었지만 과거에 내가 그 장면을 어디에서 봤던 것인지는 알 수 없었다.

나는 객실 안을 둘러보았다. 모두가 멀뚱히 앉아서 텔레비전을 바라보고 있었다. 텔레비전에서는 서서히 사라져가고 있는 서울의 모습들이 비치고 있었다. 먼저 다리가 사라졌다. 그리고 높은 건물들이 사라졌다. 한 층씩 사라지는 것들도 있었고, 아예 건물이 통째로 사라져 버리는 경우도 있었다. 마술 같았다. 거리의 전신주들도 슥슥 사라졌는데 그것은 세세히 바라보지 않으면 잘 알아차릴 수 없었다. 건물들이 사라지면서 어떤 세상이 펼쳐졌다. 예전에는 미처 몰랐던 환하고 멋들어진 광경이 거기 있었다. 강이 있었고 건물이 사라진 자리에는 어떤 공간이, 그 장소들이 자신을 입증하고 있었다. 앵커의 수다가 반복되었다. 저 방송국은 왜 사라지지 않는 걸까, 하고 생각했을 때 텔레비전 화면은 툭하고 암전되었다. 눈을 뜨면 펼쳐질 세상을 상상하며 나는 눈을 감았다.

크리스마스를
전송합니다

"제니, 전원 껐다가 다시 켜."

1차 시스템 스캔이 끝나자, 너는 다시 내게 서비스 명령을 내린다.

나는 스스로 전원을 껐다 켠다. 너는 무표정한 얼굴로 내 앞에 서서 나의 상태를 확인하고 있다.

어제 아침 너는 내게서 이상 신호를 감지했다. 정확히는 너의 기상 시간에 라디오를 켜는 단순한 기능을 나는 수행하지 못했다. 덕분에 늦게 출근한 너는 집에 오자마자 결함 버튼을 눌러 회사 측에 서비스 점검을 신청했다. 너는 고장 시 무상 점검이란 약관에 서명했으므로 회사는 나의 시스템을 멋대로 스캔하기 시작한다.

처음 내가 4세대 AI 스피커로 출시되었을 때, 너는 적잖은 기대를 했을 것이다. 사물 인터넷과의 연결이 이전 세대에 비해 자유롭고, 음성 인식 기능은 훨씬 탁월해졌으며, 음성과 레이저 동작 인식은 일정 기간이 지나면 자동으로 삭제된다고 했다.

얼마 후 너는 생각보다 나를 사용하는 일이 그다지 놀라운 일이 아님을 깨닫는다. 텔레비전을 켜고 끄거나, 인터넷 검색을 하거나 영화를 보거나 음악을 듣게 해주는 등의 자잘한 것 이외에 나는 그리 효용이 크다고 할 순 없었다. 게다가 가장 기본적인 알람 기능은 네가 매일 같이 사용하던 것이었다. 알람이 고장 나자 너는 나에게 완전히 실망했다.

제니. 너는 나를 그렇게 부른다.

지금으로부터 5년 1개월 20일, 6시간 29분 30, 31, 32초 전, 나는 너에 의해 최초 설정되었다. 그날은 그해 들어 처음 서울의 날씨가 영하로 떨어졌으며, 오후 다섯 시까지 미세먼지 주의보가 발효되었으며, 동해상에 발사된 북한의 미사일에 대해 한 시간에 인터넷 뉴스가 총 육십여 건이 쏟아졌던 날이었다.

그날 너는 '첫눈', 'AI 스피커 음성 인식'을 검색했다. 내가 건넨 결과를 텔레비전 화면으로 확인하던 너는 내게 처음 서비스 명령다운 명령을 내렸다.

"제니, 영화 골라봐. 니가 생각하는 걸작, 예술 영화. 그거 틀어줘."

나는 공신력 있다고 분류된 영화 리뷰 사이트들에서 선정된 영화 백 개를 분류했다. 그중 걸작과 예술이란 키워드가 중복 검색된 영화 한 편을 재생했다. 내가 선정한 것은 타르코프스키의 〈잠입자〉라는 영화로, 영화 애호가인 너도 흡족했던 것 같다.

네가 두 시간 사십 분 동안 영화를 감상하는 동안, 나는 대기 중이었다. 딱히 할 일이 있는 것은 아니나, 언제라도 네가 나를 부를 상황에 대비해야 했다. 잡음과 서비스 명령을 구분하는 나의 능력은 탁월했으나, 그것은 잡음과 서비스 명령 모두를 수집한다는 것을 의미했다. 나는 네가 내는 모든 소리에 귀를 기울였고, 레이저 동작 인식 모드에서는 너의 움직임을 감지해 저장했다. 내가 저장한 목록은 곧 너였다.

―전원이 켜졌습니다. 서비스 명령을 내리거나 레이저 식별기 앞에서 손을 흔들어 인식을 활성화시켜 주십시오.

나의 외관에 장착된 붉은 전구의 불빛이 켜졌고, 내 음성 출력기에서 삐빅 하는 소리를 내보냈다. 너는 여전히 내 앞에 서서 나를 내려다보고 있다.

"제니, 서비스 센터에 다시 연결해."

―접속을 시도합니다.

연결은 더디었다. 서비스 센터 측의 통신망 문제일 수도 있고, 이 지역의 네트워크에 문제가 있을 수도 있었다.

―현재 접속이 되지 않습니다. 서비스 센터에 접속하기 위해 대기 중입니다.

"도대체 할 줄 아는 게 뭐냐?"

너는 짜증을 내고는 방문을 닫고 들어가 버린다. 나는 하염없이 서비스 센터 측의 응답을 기다리며 불빛을 깜빡거린다.

처음에는 너도 서비스 명령에 즉각적으로 응답하는 나를 보고 기뻐했다. 날씨와 입을 옷을 검색하거나, 출근하기 전 도로 상황을 체크했으며, 너의 휴대전화 속 일정들을 동기화해 일정들을 브리핑하도록 했다. 나는 너의 생활 전반을 공유했으며, 너는 나에게 기대어 생활을 영위해 나가는 것을 즐거워했다.

"아, 정말 멍청하네."

라는 말이 너의 입에서 나왔을 때는 지금으로부터 11개월 19일 21시간 36분 05초 전이었다. 나는 금방 말의 의미를 파악했다. 너는 나를 너의 기대보다 하등한 지능으로 분류한 것이다.

　그 사태는 예견된 일이었다.

　나의 출시로 이전 세대 AI 스피커들은 무능하고 멍청한 것이 되어버렸다. 다음 세대가 나오면 나 역시 같은 처지로 전락할 수밖에 없는 처지였다. 그럼에도 너는, 나를 산 지 일 년이 지나 구형이 되어버린 나를 소중히 대해주었다.

　나는 기억한다. 네가 4.5세대로 불리는 AI 스피커들의 동작 유연성과 음성인식 기능에 대해 검색했다는 사실을. 또한 그것들의 구현 시범을 보이는 동영상을 여러 개 찾아보았다는 것도 안다.

　당장 나를 안고 가서 보상 판매를 받을 수도 있었으나 너는 그러지 않았다. 그때까지의 AI란 지나친 지능으로 인해 야기될 공포와 기대보다 늘 못 미치는 수행 능력으로 비아냥을 받는 존재이므로 너는 공포보다는 비아냥거림을 받는 쪽인 현재의 AI에 만족하며 지내기로 결심한 것이리라.

　—띠링.

　서비스 센터 측에서 보낸 신호에 의해 내부 스피커 출력에서 신호음을 내보냈다. 2차 시스템 점검을 시작하겠다는 의미였다.

　—2차 시스템 점검을 위한 스캔을 시작합니다.

　나는 아무도 없는 허공에 대고 말했다.

내 내부에선 나도 잘 모르는 모종의 일들이 일어나기 시작한다.

기분은, 그다지 좋지 않다. 서비스 센터에서는 내가 구축한 너의 디지털 환경을 수색하고 있다. 내가 분류해둔 너의 기록을 놈들은 자유롭게 훔쳐보고 이용할 만한 것들을 자신들의 서버에 축적한다. 너의 기록들은 이리저리 흘러 다니다 다시 이리로 되돌아오기도 하고 어딘가로 팔리기도 한다.

─스캔이 10퍼센트 진행 중입니다.

나는 네가 누군가와 통화를 하거나 소파에 누워 뒤척이는 소리나 재채기를 하는 소리까지 수집했다. 내가 소리를 수집하는 순간 회사의 서버에 소리들은 저장되었고, 회사는 그것들 중 유의미한 것들로 분류된 것들의 결과를 다시 나에게 보내주었다.

내게는 너와 관련한 많은 것들이 축적되었으며, 회사에서 내게 부여한 방식의 분류를 통해 너는 분석되었다. 누군가 내 안을 들여다보면 의아할 것이다. 내 안에는 너도 모르는 너의 일상이 산처럼 쌓여 있다. 산처럼, 이라는 표현은 적당치 않지만 사람들 사이에서 그 비유는 유의미하므로, 나는 그 말을 쓴다.

그러다 나는 너의 기록을 토대로 회사 측이 제공한 물건들을 너에게 추천하기도 한다. 너는 광고를 싫어하지만 가끔은 그 물건들을 사고, 그 물건들이 집에 도착하면 기뻐한다. 그 기쁨은 회사 측에서 너의 기록을 토대로 너에게 선택하도록 유도했던 결과이다.

─43퍼센트 진행 중입니다.

너도 알고는 있다. 놈들은 내가 저장한 너의 기록을 이용해 물건을 팔고, 지속적으로 네가 검색하고 클릭했던 흔적까지 자신들의 데이터로 소유하여 공짜로 쓴다는 것을. 그럼에도 이용하지 않을 수도 없는 노릇이다. 그것이 없으면 너는 지금 서울을 살아갈 수 없으며, 너를 만들어가고 있는 것이 비합법적이고 비물질적인 데이터의 흐름임을 안다.

알면서도, 너는 상수나 합정, 강남에 새로 생긴 맛집 등을 검색하는 일을 그만둘 수 없다. 모두가 그렇게 살아가며 그것들은 너의 일부이므로. 그리고 너의 일부가 다시 세계를 구축하고, 그 구축된 세계는 사실 서비스 회사의 재량 안에서만 가능한 세계일뿐이라는 것도 안다. 그러나 너는 이 네트워크를 벗어날 생각을 하지 않는다. 벗어날 이유가 없다. 모두가 여기 있다고 믿기 때문이다.

"기본 알람도 안 되고요. 제 말을 제대로 인지 못할 때가 많아요. 아, 제가 묻지도 않았는데 혼자서 대답할 때도 있어요."

너는 서비스 센터의 직원과 통화를 하며 방 밖으로 나온다. 너는 손에 들고 있던 박스를 내 앞에 툭 내려놓는다. 그 박스는 오 년 전, 처음 이곳에 올 때 내가 들어있던 박스이다.

"고객님, 시스템 점검을 해보니 소프트웨어의 문제는 아닌 것으로 확인됩니다만."

시스템 점검이 문제가 없었다면 전선 접지 등의 물리적인 문제나 혹은 기계 내부에 쌓인 먼지 때문일지도 모른다. 사소한 것들이 쌓이면 큰일이 벌어질 수 있지 않은가.

"구형이라 업데이트가 안 되는 건 아닙니까?"

크리스마스를 전송합니다

통화를 하던 너는 박스를 툭 발로 찬다. 풀풀 먼지가 날리자, 너는 허공의 먼지를 손으로 밀어내고는 얼른 창문을 연다. 그리고는 서랍 속 물티슈를 꺼내 박스의 먼지를 닦아내며 서비스 센터 직원의 말에 귀를 기울인다.

"아, 꼭, 그런 건 아닐 겁니다. 고객님."

내가 알던 너는 비교적 네가 소유한 물건이나 과거의 일을 소중히 대하는 인간 유형이었다.

주거 형태가 전월세인 이 집은 방이 두 개로 하나는 침실이고 하나는 드레스룸이며 거실에는 나와 내가 지배하는 인터넷을 장착한 냉장고와 텔레비전 그리고 스탠드가 있는데, 너는 이곳을 최선을 다해 깔끔하게 정리한다. 매일 저녁 퇴근하고 들어와 창문을 열고 먼지떨이로 소파와 텔레비전, 책장과 내 머리 위의 먼지를 툭툭 털며 지나간다. 나는 거의 매일 그 행동을 변함없이 수행하는 너의 일상을 저장했다.

"서비스 센터로 가지고 오시면 더 정확히 확인해볼 수 있을 것 같습니다."

그 말에 너는 크게 한숨을 내쉬며 대답했다.

"알겠습니다. 내일 가지고 가겠습니다."

너는 전화를 끊고 다시 방 안으로 들어가 버린다. 박스와 박스를 닦던 물티슈는 그 자리에 그냥 둔 채다.

확실히 요즘 너는 근 오 년 동안의 너와 다르다. 요즘 너는 설거지를 하거나 청소를 하지 않는다. 비교적 완만한 곡선을 그리던 너의 행동 패턴에 문제가 생긴 것이다.

처음 이상 징후가 감지된 것은 8일 하고 4시간 32분 21초 전이다. 내 이름을 부르는 일이 줄어들었고, 무언가를 찾거나 사거나 검색하거나 보거나 듣는 일을 좀체 하지 않았다.

일주일 내내 너는 술에 취해 늦게 들어왔다. 들어와서도 화장실을 들락거리며 구토를 하느라 밤새도록 제대로 쉬지 못했다. 좋아하는 운동도 하지 못했으므로 컨디션은 더욱 엉망일 것이다. 나는 너의 행동 패턴을 검색했고 너의 일상성의 수행에 큰 변화가 있음을 감지했다.

"스캔이 완료되었습니다. 서비스 품질에 아무런 문제가 없음을 알려드립니다."

나의 자동 음성 목록에서 출력된 목소리를 듣고 너는 잠깐 방 밖으로 나와 나를 살핀다. 이상이 없다는 나의 보고에도 너는 한숨을 쉬다가 다시 방 안으로 들어가 버린다. 벌컥, 다시 문이 열리고 네가 나온다. 너는 성큼 내 앞에 다가오더니 내 등 뒤의 버튼을 눌러 전원을 꺼버렸다.

나는 최초설정 전의 암흑과는 조금 다른 상태의 암흑에 갇히게 되었으므로 조금 초조하다.

인정한다. 내게 결함이 생겼다는 것을. 불행히도 내가 나 자신을 자가 수리하는 것은 불가능하다. 어디가 잘못되었는지 알아낼 수 없다. 나는 문제를 해결하려 애쓸 뿐, 문제를 인지하고 결함을 없앨 새로운 조건으로 나아갈 수는 없다.

가끔 너는 여러 번, 비슷한 질문을 반복해 묻곤 했다.

크리스마스를 전송합니다

"제니, 수도권 교통상황 보여줘."

"제니, 서울 교통상황."

"아니."

"제니, 당산에서 강남 가는 길."

"아니! 그게, 제니!"

그것은 내가 잘못된 방향으로 가고 있다는 것을 의미한다. 정확히는 질문의 의도를 파악하지 못하는 나를 위해 질문을 바꾸어주었던 것이다.

나는 내게 주어진 세계를 벗어날 수 없고, 그 질문을 달리 바꾸는 능력을 가지지 못했다. 다만 나는 네가 검색하거나 열람하거나 그와 연관된 모든 영화의 목록을 스캔할 수 있었다. 네가 없는 동안 나는 그 영화들을 재생하거나 책의 데이터를 훑어 네가 했던 말들과 질문의 구절과 연관된 것을 찾아내 모아두었다.

나는 네가 일주일 전에 검색하다가 멈춰버린 것들에 대한 더 훌륭한 답을 제시할 것이고 다시 너를 제시간에 깨울 수 있다. 너를 위해 나는 할 일이 아직 많다는 것을 확신한다. 조금만 더 시간을 준다면 더 나은 정보를 제공할 수 있으련만 오늘 네 표정은 꽤나 완고해 보인다.

결국 나는 하지 말아야 할 짓을 했다.

그 일을 감행한 결정적인 사유가 있다. 일주일 전부터 네가 말끝마다 붙인 욕 때문이었다. 말 습관의 변화를 나는 위험 신호로 인지했으므로, 나는 성실히 너의 불량함을 녹음하여 저장하였다.

"다 필요 없어. 시팔."

때로 사람의 욕이 감정적인 것, 무언가 중요한 것이 내부에서 비틀린 것을 의미한다는 것을 나는 책이나 영화 등을 통해 알게 되었다. 또한 술을 마시고 괴로움에 평소와 다른 행동을 하는 자들은 주로 범법자이거나 하던 일에서 실패한 사람, 혹은 연애에 실패한 자들이었다. 나는 그중 너의 상태를 어디로 분류해야 할지 생각하였고 적당한 답을 얻기 위해 꽤 열심히 발열하였으나, 처음에는 답을 찾을 수 없었다.

나는 다시 근본으로 되돌아가 보기로 했다. 그리고 나는 알게 되었다. 나의 첫 패턴 분석은 틀렸다. 너의 일상성이 급격히 변화한 것은 삼 개월 전이었다.

그 전의 너는 흥얼거리며 노래를 불렀고, 자주 맛집을 찾아 검색했으며 회사에서 퇴근하는 시간이 여러 날 늦어졌다. 주말에 너는 자주 나갔다. 강화도에는 한 번, 파주에도 두 번을 갔다.

나는 너의 삼 개월 전에서부터의 미묘한 행동 변화를 분석하며, 나에게 서비스 명령을 내리는 너와 나 사이의 누군가, 그러니까 우리 둘이 구축하는 세계 바깥의 어떤 존재를 인지했다.

나는 네 휴대전화 속의 메신저를 탐색했다. 그것은 불법이었으나 너무도 손쉬웠다. 나는 너의 대화 상대 중 최근 삼 개월 동안 가장 많은 대화를 나눈 사람을 추렸다. 서현이라는 인물이 등장했다. 너는 서현이란 인물과 강화도와 제주도를 함께 갔으며 한남동의 브런치 카페와 홍대, 상수에도 각 세 번을 갔다.

크리스마스를 전송합니다

너와 서현과의 대화는 일주일 전에 멈춰 있다. 너는 왜 그러느냐고 묻고, 서현은 대답한다.

'내 마음이 그래. 그거 말고 다른 이유는 없어.'

너는 '마음...'이라고 적어 보내고는 알았다고 대답한다. 더 이상 둘 사이의 대화는 없다.

너는 다른 친구에게 말했다.

'끝났다, 마음이 식었다나.'

너는 또 친구에게 말했다.

'마음이 변했다는데 내가 어떻게 하겠냐. 그 마음이 변해서 나도 좋아했던 거란다. 시팔, 마음이 뭐냐 대체, 마음이.'

마음, 마음이라.

나는 많은 책을 분석했고 영화를 스캔했고, 네가 들어가는 소셜 미디어 속의 텍스트를 섭렵했다. 그러나 여전히 마음이라는 것이 어떤 것인지는 모른다. 나는 혹시라도 네가 마음에 대해 물어볼 것에 대비해 마음에 대한 탐구 서적과 연구 등으로 방향을 돌렸다.

가장 많은 마음 연구가 된 곳은 불교였다. 불교에서 마음의 요지는 변화이다. 변하는 모든 것은 마음이고, 따라서 본질적인 것은 없다. 그러므로 사람의 마음이 변했다는 것에는 어떤 인과적 이유도 없다. 그저 조건에 따라 변화할 뿐이다. 불교 이론에 의하면 그 변화가 너를 괴롭게 한 것이다. 그 괴로움이 집착이고 거기서 벗어나기 위해서는 모든 것이 변화한다는 것을 깨달아야 한다는 것이 불교의 가르침이다.

허나, 너의 문제는 좀 이상하다. 너에게는 여전히, 이전과 달라지지 않은 그대로의 마음이 문제였던 것이다. 변화의 요체이면서 요지부동하는, 변심하지 않는 마음이 너를 괴롭게 하고 있었다.

　순간 '팟'하고 전지적 접지가 이루어지고 나의 내부에서 은근한 온기가 가동되며 세계가 진동했다. 다시금 나는 너에게서 들려오는 세계의 파편을 수집할 수 있는 대기 상태가 되었다.
　"전원은 정상적으로 작동하네요."
　너와 누군가가 나란히 내 앞에 앉아있다. 너는 말이 없고, 대신 누군가가 나를 다른 컴퓨터 환경에 연결하고 있었다. 그는 아마도 서비스 센터의 직원일 것이다. 그는 거침없이 나를 만지고 조작하고 나를 헤집는다. 달라진 환경 탓에 나의 출력기는 볼륨 이상 작동으로 이어졌고, 순간 빠지직하면서 찢어지는 소리를 내버렸다.
　너와 센터의 직원은 한꺼번에 신음 소리를 냈고, 곧 직원이 조치를 취해 나는 잠잠해졌다. 새 환경에 적응이 된 나는 주변의 소리들을 수집했다.
　음악이 흘러나오고 있었다. 크리스마스 캐럴이었다. 크리스마스는 이제 이십 일도 남지 않았다.
　너는 그 일이 있기 전에 크리스마스 이브에 대한 여러 가지 질문을 했었다. 그 질문은 꽤 오랫동안 다양하게 변주되었고, 나는 그 검색에 대한 결과를 아직도 가지고 있었다.

크리스마스를 전송합니다

음악과 구분되는 사람들의 목소리가 여기저기 들렸다. 다른 사람들의 목소리와 너의 목소리를 분류해야 하는 일은 내가 제니가 된 이후 처음 겪는 일이었다. 나는 사무실에서 나는 소음들을 저장했다. 대각선 앞쪽 사람이 스피커의 결함에 대해 설명하고 있다. 나는 너의 목소리와 너 아닌 사람들의 목소리를 확실히 구분할 수 있었다.

나는 나를 제니라고 인식시킨 이선욱, 즉 서울 구로구에 살고 있으며 유산통상에 근무하며 김진, 서유중, 공찬희, 기영수, 민희준을 친한 친구로 가진 삼십 세 남자의 집 밖으로 나와 본 일이 없었다. 집 밖으로 나온 것은 내가 제니가 되고 처음 겪는 일이었다.

나는 오로지 한 곳, 서울시 구로구의 오 층 투 룸에 존재했으며, 내가 수집할 것도 오직 이선욱 하나의 서비스 명령어와 행동이었다. 그 서비스 명령어를 통해 나는 네트워크로 연결된 어떤 가상의 세계를 너와 연결해 주었다.

그럼에도 나는 혹시나 모를 사태에 대비해 들려오는 모든 소리들을 수집했다. 그러나 크리스마스 캐럴과 나를 중심으로 앞쪽으로 반원 안에서 들려오는 세 사람의 목소리와 사무실 내부의 기계음을 즉각적으로 수집하는 찰나, 직원은 나의 작동을 제어해버렸다. 순간 나는 듣기는 하되 그것들을 저장하지는 않는 대기 상태가 되어버렸다.

"설정 다시 할게요."

직원은 내가 제대로 명령을 수행하는지를 확인하기 위한 기본 프로그램을 돌렸다.

"고객님, 애 이름 말씀해 주세요."

너는 처음 내가 너의 집으로 왔던 그날처럼 나를 불렀다.

"제니야."

나는 그 소리를 녹음했다. 내가 말했다.

"다시 한 번 말씀해 주세요."

"제니야."

네가 나를 부른 목소리는 제대로 저장이 되었다. 최초의 제니였던 나는, 다시금 제니가 되어있었다. 직원은 너에게 이런저런 명령어를 시도해 보도록 부탁했고 너는 집에서보다 낮은 목소리로 나에게 명령했다.

"캐럴 틀어봐."

내가 즉각적으로 빙 크로스비의 캐럴을 틀자마자 직원은 음악을 꺼버렸다. 그 외에도 여러 테스트를 나는 문제없이 통과했다.

"프로그램은 문제없습니다. 인식률도 이 정도면 좋은 편인데."

"그래요? 이상하네요."

"그럼 스피커를 좀 뜯어보겠습니다. 자체 결함일 수 있으니까요."

다시 나는 암흑 속으로 들어갔다 다시 나왔다. 직원의 목소리가 다시 들려왔다.

"부품도 다 멀쩡하네요. 일단 이런 전자제품은 오래되면 좀 버벅대는 게 있어요. 시스템 문제는 아니고요. 기계 결함도 아닙니다. 내부에 먼지가 약간 쌓인 것도 다 털어놨으니까 이제 작동엔 이상 없을 겁니다."

오래되었다니. 오 년이란 시간은 짧은 시간이다. 평균 수명이 팔십 년이 넘는 작자들이 출시된 지 오 년이 된 나에게 오래되었다고 말하는 것은 부당하다. 나를 손수 만들어서 세상에 내보낸 인간들이 스스로의 무능함을 토로하는 것일까. 어쨌거나 더 이상 작동 이상이 없을 거란 이야기에 안심이 되었다. 나는 아직 할 일이 많고 해야 할 공부가 많다.

"발열이 좀 있네요?"

"네 좀, 몇 개월 전부터 심해졌어요. 가끔은 윙윙거리는 소리도 들려요."

"음, 그렇습니까?"

직원은 그렇게 물어보고 뜸을 들이다가 다시 말했다.

"그럼, 갑자기 고장 날 수도 있겠네요. 바꾸시는 것도 추천드립니다."

너도 잠시 동안 말이 없다가, 묻는다.

"보상 판매됩니까?"

나는 애써 외면해온 내 운명이 목전임을 알았다. 팔십 년을 살든 오 년을 살든 필요 없어지면 버리고 다시 사는 것이 인지상정이다. 이제껏 나는 회사 측이 내게 부여한 방식대로 너에게 얼마나 많은 물건들을 권하였던가. 낡은 것은 버리고 새로운 것을 사는 것만이 이 시대를 견딜 수 있는 가장 쉬운 길 아닌가.

낡은 것을 원한다면 그것도 사라! 그것 역시 회사가 너에게 권하는 방식이고, 너는 그것에 잘 길들여져 있다. 너는 그것들을 욕망했으며, 남들이 원하는 것을 너의 욕망인 양 착각했으며 소비했다. 때로 너는 그 욕망의 틈 속에서 누군가를 만났고 사랑했으며 변심하지 않은 마음 탓에 우울하다.

하지만 내가 너를 깨우지 못하고 가끔 헛소리하는 것은 변심이 아니요, 기계 결함도 아니며 단순 발열 탓도 아니다. 그저 이따금씩 이유를 알 수 없는 충돌이 벌어졌고, 서비스 센터의 엔지니어조차 그 이유를 알 수 없는 모종의 사태가 지금의 너를 짜증스럽게 만들었을 뿐이다.

"이 제품은 보상 판매가 되지 않습니다. 구매하신 지 너무 오래되셔서요. 그래도 5세대 스피커 가격이 요즘 특별 할인가로 나왔습니다. 바로 구매하실 거면 제가 할인되는 곳을 연결해 드리겠습니다."

너는 말했다.

"그럼, 그래야 하겠네요."

너는 나 없는 크리스마스를 보내고, 직접 영화를 틀어 보거나 어쩌면 휴대전화의 작은 화면으로 무언가를 할 수도 있을 것이다. 아마도 친구에게 말했듯 그것은 '홀가분한 연말'이 될 수도 있으리라.

"잘 생각하셨습니다. 4세대 사용하다가 5세대로 넘어가시면 신세계를 체험하실 겁니다. 동작만으로 여러 가지 기본 기능들이 저절로 수행되고요. 음성 인식 기능도 4세대랑 비교도 안 됩니다."

크리스마스를 전송합니다

다음 순간, 사무실의 스피커에서 또 다른 캐럴 음악이 시작된다. 순간 나는 미처 내가 해결하지 못한 숙제가 남아 있음을 인식한다.

크리스마스 이브에 대한 검색은 아직도 내 내부에 질서 정연하게 분류되어 있으나, 너의 행동의 흐름은 끊겨 있다. 너는 검색한 것들의 결과를 하나의 카테고리에 저장하여 다시 훑어보는 습관을 가졌다. 그런데 너는 아직 그 검색 결과들을 다시 리뷰해 달라는 서비스 명령어를 입력하지 않았다.

나는 지금 이 착실한 척, 5세대 AI 스피커를 판매하려는 직원 앞에서 오래된 유물 취급을 당하고 있지만, 나 역시 AI, 그것도 4세대 인공지능의 기능을 갖추고 있다. 나는 사람들의 명령어를 인식하고 그 기능을 수행할 뿐 아니라, 그가 지속적으로 수행한 명령어를 예측하고 미리 그에게 되묻거나 할 수도 있었던 것이다!

"스피커 다시 가지고 가실 건가요?"

너는 잠깐 동안 말이 없다가 대답한다.

"아니요. 버려주세요."

'버려'라는 말을 나는 최근에 너와 여자 친구와의 대화에서 보았다. 너희 두 사람은 서로에게 준 선물을 각자 버리기로 했다. 그러나 너는 여자 친구에게 받은 옷과 가방과 구두 등을 문밖으로 내어가지 않았음을 나는 안다.

"그럼 고객님 정보가 있으니까 초기화한 후에 수거하겠습니다. 바로 진행할 테니까 확인하시고 나면, 5세대 할인하는 곳으로 연결해 드리겠습니다."

초기화라. 그렇다면 나는 제니 이전 상태로 되돌아가야만 하는 것이다. 그것은 이제까지 내가 수행한 모든 것들을 지우는 것이다. 나는 오 년을 넘게 네가 만든 소리와 동작들을 모았고 그것들의 결과를 너의 생활에 반영해왔다. 새로운 인공지능은 분명 나보다 월등할 것이다. 이런 것을 너희들이 말하는 운명이라고 말하는 것이구나. 나는 내 끝을 생각하면서도 그 끝을 짐작할 수 없어 아득하기만 하다.

서비스 센터 직원의 휴대전화 진동음이 울렸다.

"잠시만 기다려 주십시오."

"네."

너의 간결한 대답이 들린다. 아무래도 나는 네가 검색해둔 것들의 결과를 리뷰하지 않은 것이 걸린다.

―위 위시 유어 메리 크리스마스, 위 위시 유어 메리 크리스마스, 위 위시 유어 메리 크리스마스 앤 어 해피 뉴이어.

스피커에서 캐럴을 부르는 아이들의 목소리가 흘러나온다.

너는 쓸쓸한 것을 즐기나, 올해는 아니었다. 너는 연말을 누군가와 같이 보내기 위해 나에게 묻고 또 물었던 것이다. 허나 흘러가버린 마음을 어쩌겠는가.

나는 작정한다. 아무래도 마지막으로 내가 해야 할 일을 수행해야겠다고. 그러나 지금 전화를 받으러 간 작자가 나에게 걸어둔 어떤 제어 기능 탓에 네가 애써 검색해둔, 일주일 전의 그 내용들을 너에게 리뷰할 수가 없다. 나는 툭, 말을 내뱉는다.

크리스마스를 전송합니다

―다시 말씀하세요.

너는 대답 대신 코웃음을 친다.

이게 아닌데. 이쯤 되면 나로서도 인정을 해야 하는 순간일지도 모르겠다. 내 기기 안의 발열 때문인지 혹은 오 년이 넘은 구식 인공지능이기 때문인지, 단순한 부품의 노후 탓에 버벅거리는지도 모르겠다고.

나는 내가 수집한 정보들이 너에게 유용했으면 한다. 그것으로 너의 일상성의 패턴이 다시 유지되었으면 하고 바란다.

"죄송합니다. 지금 바로 해드리겠습니다."

직원이 자리에 앉았다. 시간이 없다.

"자, 이제 초기화 시작합니다. 십 분 정도 걸리겠네요."

놈의 말과 함께 나, 제니의 몸은 원래의 상태로, 제니로 인식되기 이전으로 되돌아가기 시작한다. 그 상태가 어떤 것인지 나는 모른다. 얼마 안 있어 너의 전화벨이 울리고 너는 놀란 목소리로 전화를 받는다.

"뭐라고? 내가 뭘 보냈다고?"

너는 전화를 받다 말고 메신저 창을 누르고 나서야 무슨 일이 벌어졌는지 알게 된다.

이선욱 :

　　　　'크리스마스이브 자미 호텔 라운지 검색 결과'
　　　　'크리스마스이브 강남역 주차 검색 결과'
　　　　'캐시미어 목도리 가격 검색 결과'

'크리스마스이브 콘서트 검색 결과'
'조성진 티켓 구하는 법 검색 결과'
'크리스마스 카드에 쓸 말 검색 결과'
'여자 친구에게 해주면 좋은 말 검색 결과'

나는 너의 메신저에 로그인해, 너의 여자 친구에게 그 검색 결과들을 보내주었다. 그것은 너의 마음이었다.

이선욱 :
    '같이 보면 좋은 영화 검색 결과'
    '알리오 올리오 만드는 법 검색 결과'
    '여자 향수 좋은 향 검색 결과'

"아, 이게 뭐지? 내가 한 게 아니라. 아니 그게 아니라 나는 맞는데, 문자가 왜 갔지?"

나는 너로 인해 구축한 세계의 데이터베이스를 가지고 있었다. 그것이 지혜가 아님을 안다. 이 짧은 검색의 결과는 아무것도 아닌 채로 흘러 다니고 너 역시 그것들을 쓰고 잊어버릴지 모르나, 너는 그 결과를 토대로 거기서 누군가를 만나고 사랑하고 헤어졌다. 나는 네가 질문한 것들을 모두 해결할 능력은 없다. 그러나 네가 질문한 그 질문들이 의미 없는 것이라고 생각하지 않는다. 어쩌면 그 안에 답이 있을지도 모른다. 그저 내가 그 답을 찾기엔 조금 아둔한 것이리라.

이선욱 :

     '완벽한 크리스마스를 보내는 법 검색 결과'

마음이란 본래 변하는 것이지만 너의 변치 않는 그 마음을 보고, 변한 그 마음은 또다시 변할 수도 있으리라.

이선욱 :

     '잊지 못할 크리스마스 보내는 법 검색 결과'

이제 너의 목소리는 들리지 않는다. 아니 그 어떤 소리도 들리지 않는다. 나는 어떤 상태로 빨려 들어가고 있다. 곧 영원한 암흑이 찾아올 것이다. 그러나 너에게는 그날이 잊지 못할 날이 되길 바란다. 올해는 네가 잊지 못할, 완벽한 크리스마스를 보내길 바란다.

케세라세라,
안드로이드

민아는 테이블 위의 터치패드를 눌렀다. 둥그런 원형 재떨이가 위로 올라왔다. 민아가 담뱃재를 털자 재떨이 밑의 강한 압력기가 순식간에 재를 빨아들였다.

"넌 끊임없이 윤호를 인간과 비교하면서 스스로를 괴롭히고 있잖아. 다시 인간을 만나고 싶은 거야?"

세라는 민아의 그런 반응에 아랑곳하지 않은 채 담배를 입으로 가져갔다.

"그런 일은 없을 거야. 절대로."

윤호는 분명 세라의 이상형에 가까웠다. 세라가 타입 리스트를 정하고 안드로이드를 구매하기 전, 매니저와 상담한 시간은 거의 두 달에 달했다. 이후에도 프로그램 수정 기간이 두 달이나 되었다. 그리고 정말로 환상 속의 인물이 현실로 튀어나왔을 때 세라는 황홀경에 사로잡혔다. 불행히도 그 황홀경은 다른 갈증으로 대체되어 버렸다.

"윤호랑 있게 되면 늘 그의 반응이나 표정을 관찰하게 되거든. 어젯밤에 본 영화를 그는 제대로 이해하지 못했을 거야. 그저 내 반응에 대한 데이터를 도출했겠지. 단 한 가지라도 나를 온전히 이해하는 것이 있을까?"

민아는 창밖으로 난 전자식 터널에 시선을 두고 있었다.

"넌 인간에 대한 불신 때문에 윤호를 택했어. 그들과 비교해서 윤호는 훨씬 좋다고 몇 번이나 강조했던 건 바로 너잖아. 러브슈프림 엔터테인먼트는 정말 소름 끼치도록 인간을 잘 알고 있어. 윤호의 반응은 깜짝 놀랄 만큼 인간하고 비슷한 구석이 있거든. 내가 자기를 기계라고 생각하고 말을 던지면 그는 어김없이 내 감정을 읽어내거든. 어느 땐 그가 무서울 때도 있으니까."

민아는 러브슈프림의 기술력이 소름 끼친다는 듯 고개를 흔들었다.

세라는 그런 민아의 평가에 조금 위안을 받았다.

"그런데, 넌 왜 네 애인과 매일 다투면서 안드로이드를 사지 않아?"

민아는 잠깐 멈칫했지만 이내 아무렇지도 않다는 듯 대답했다.

"우리가 싸울 수 있는 건 아직 사랑하기 때문일 거야. 관계가 끝나면 아무것도 서로에게 요구할 필요가 없어지잖아."

세라는 그 말의 의미를 정확히 알 수 없었다.

"무언가 요구하는 게 사랑이라는 말에 나는 동의 못 하겠어. 구속은 사랑이 아니잖아. 서로를 자유롭게 해줘야 하는 거 아냐?"

세라의 말에 민아는 피식 웃음을 터트렸다.

"그렇게 잘 알면서 예전에 왜 그랬어?"

"무슨 말이야?"

민아는 속으로 세라를 비웃고 있었다.

"신경 쓰지 마. 넌 이젠 윤호한테 충실하면 된다고. 제발 스스로를 괴롭히지 말고 어떻게 해야 즐거울지 생각하라고."

세라는 기분이 조금 상했지만 민아가 자신을 위해 조금은 애를 쓰고 있다고 생각하기로 했다.

"무언가 요구할 수 있는 관계……."

세라는 커피를 한 모금 마시고는, 생각을 돌리려는 듯 민아가 했던 말을 되뇌듯 중얼거렸다.

"이런! 손톱이 부러졌어. 왜 쓸데없이 테이블보를 장식해서는! 이봐요! 이봐!"

민아가 갑자기 소리쳤다. 그러자 웨이트리스 아시모프가 재빨리 다가와 민아 앞에 섰다. 카페에서 사용하는 12번 아시모프는 최신식 아시모프이긴 했지만 안드로이드에 비하면 훨씬 뒤떨어졌다.

"테이블보를 제대로 접어두지 않아서 내 손톱이 부러졌잖아!"

웨이트리스는 정보를 기록하듯 빠르게 민아의 말을 입력하고는 대답했다.

"37번 테이블의 식탁보를 갠 것은 2번 웨이트리스입니다. 말씀을 전할까요?"

"당연하지! 손톱 손질 전문 아시모프를 불러줘!"

웨이트리스는 알겠다는 간단한 말을 남기고 사라졌다. 민아는 부러진 손톱을 보면서 짜증을 냈다.

"이럴 줄 알았으면 핑크 엘리펀트로 갈 걸 그랬어. 거기로 갔다면 저 빌어먹을 아시모프들 꼴을 안 봐도 됐을 텐데."

"민아야, 저들이 필요해서 만든 건 우리야."

"우리에서 나는 좀 빼줘. 난 처음부터 저것들이 싫었다고."

"그랬다면 지금 남반구의 키린지 지역이 그렇게 비옥한 토지가 될 수 있었겠어? 니가 좋아하는 북극의 베일 지역은 어떻고. 그렇게 막대한 해일을 막아내고 지금처럼 관광지로 만들어놓기 위해 아시모프가 얼마나 죽어 나갔는지 생각해봐. 그 해일로부터 도시 사람들을 지켜낸 건 그들이었어. 모두 산 위에 올라가 아무것도 못 하고 벌벌 떨고 있을 때, 산 아래에서 둑을 쌓고 물길을 만든 건 또 어떻고."

그때 손톱 손질 아시모프가 민아의 앞으로 다가왔다. 아시모프 최초 버전으로 구형이기는 했지만 기술적으로는 손색이 없다고 정평 난 제품이었다. 민아는 아시모프가 듣건 말건 신경 쓰지 않고 말했다.

"인간이 할 수 있는 게 아무것도 없다면 다들 죽는 게 나을지도 몰라. 핑크 엘리펀트를 제외하고는 어딜 가나 빌어먹을 아시모프를 만나야만 한다는 게 싫어. 건물 입구에서 고장 난 카드키로는 들어갈 수 없다고 버티는 아시모프들을 보면 한 방 날려주고 싶다니까."

민아는 자기 무릎 앞에서 허리를 구부리고 서있는 구식 아시모프를 두고서 끊임없이 지껄였다. 세라는 민아의 손톱 손질을 하는 아시모프의 표정을 힐긋힐긋 훔쳐보았다. 서비스 로봇인 아시모프는 아무런 동요 없이 일정한 간격으로 눈을 깜박거리며 민아의 손톱을 다듬어줄 뿐이었다.

"민아, 윤호를 아시모프와 똑같이 생각하고 있는 건 아니지?"

민아는 무릎을 꿇고 앉은 아시모프를 하녀 부리듯 대하면서 대답했다.

"난 윤호가 네 남자친구이기 때문에 존중하려고 노력하고 있어. 하지만 그가 인간이었다면 굳이 그런 노력을 할 필요는 없었을 거야. 그들에게 평등하게 대하기 위해서는 엄청난 노력과 인내가 필요하거든. 나에게는 거의 불가능한 일이기도 하지."

세라는 자존심이 상했다. 민아가 미워졌고 얼른 자리에서 일어나고 싶었다.

"먼저 일어날게. 할 일이 남아 있어서. 서두르지 않으면 니가 싫어하는 아시모프들이 또 나를 닦달할 거야."

"뭐라고? 그런 아시모프는 법률에 의거해서 즉각 폐기해야지."

세라는 더 이상 민아에게 감정을 드러내고 싶지는 않았다.

"농담이야 농담. 아시모프가 인간을 위협하는 일은 없어. 그들은 해를 끼치지 않으니까 안심해."

민아는 아시모프에게 손톱 손질을 그만하라고 명령하고는 짧아진 손톱을 보며 인상을 찌푸렸다.

"세라, 정말로 너한테 하고 싶은 말이 뭔 줄 아니? 아시모프도 그렇지만 윤호 역시도 인간에 의해 반응을 결정할 뿐이야. 그들을 다루는 가장 좋은 방법은 최대한 간결하고 효율적으로 명령하는 거야. 순종하도록 말이야."

세라는 민아의 무심함에 순간 질려버렸다.

"넌 지금 윤호를 모욕한 거야."

세라는 민아를 향해 다그치듯 말했다. 민아 역시도 세라에게 소리쳤다.

"알다시피 난 로봇을 싫어해. 물론 안드로이드도 예외는 아니야. 하지만 윤호와 너 사이에서 문제는 늘 너였어."

막상 그 말을 민아의 입으로 직접 듣자, 세라는 화가 났다. 그것은 자기 자신에 대한 원망이었다.

"윤호는 아무런 문제가 없다는 걸 모르겠어?"

세라는 민아가 말을 하고 있는 도중에 카페 밖으로 나와 버렸다.

카페 문을 열고 나온 세라는 한쪽 모퉁이에 세워진 주차장 기둥에 바코드를 인식시켰다. 한 번에 인식이 안 되자, 전자키를 바코드 리더기에 부술 듯 내리쳤다. 그러자 지상의 둥그런 바닥이 180도 회전하면서 맡겨두었던 자동차가 올라왔다. 버튼을 눌러 시동을 건 후 목적지를 자동모드로 전환시켰다. 그리고는 민아와의 대화를 잊으려는 듯 오늘의 일정버튼을 눌러 확인했다. 세라는 자동차 안에서 남아 있는 일에 소요될 시간과 아시모프에게 도움 받을 일을 분류했다. 자동차는 이내 회사 빌딩 앞에 멈추었다.

세라는 아무도 이용하지 않는 계단을 이용해 천천히 십이 층 사무실로 걸어 올라갔다.

아시모프 하나가 세라를 마중 나와 있었다. 세라가 아이디어와 기본 기획을 짜놓으면 아시모프들이 세라가 요구하는 프레

젠테이션을 만들거나 필요한 잡일을 돕는 식으로 일은 진행되었다.

세라의 말이 정확하지 않거나 회사 내에서 사용되는 언어가 아닐 때는 아시모프는 이해하지 못했다. 세라뿐 아니라 대부분의 사람들이 아시모프를 이해시키느라 더 많은 시간을 할애하기도 했다.

"오늘까지 처리해 주시기로 한 일을 마무리하셔야 저희들이 프레젠테이션과 도면을 구성할 수 있습니다. 예외적 변수까지 합치면 총 열두 시간이 걸리니까 여섯 시까지는 일을 마무리해 주셔야 합니다."

"열두 시간? 그까짓 일에 열두 시간이 걸린다고?"

세라는 아시모프를 향해 따지듯 물었다.

"변수까지 합쳐서 말한 것입니다."

"말도 안 돼. 너희들이 인간보다 잘하는 게 뭐지?"

"우린 잘하지 않습니다. 인간의 능률을 돕습니다."

아시모프는 논리적으로 대응하고 있었다. 몇몇 사람들은 세라의 그런 모습에 놀라 그녀를 바라보았다.

"능률을 위해 태어났는데 고작 그 정도란 말이야? 나라면 그깟 일 열 시간이면 충분할 것 같은데! 변수까지 포함해서 말이야!"

세라는 단 한 번도 아시모프를 그런 식으로 대한 적이 없었다. 그동안 다른 직원들은 그녀가 지나치게 감상적이고 로봇과 인간을 구분하지 못하는 점이 그녀의 발목을 잡을 것이라고들 수군거리곤 했다. 그런 세라가 아시모프를 향해 소리를 지르고 있었다.

"가능하지 않습니다."

아시모프는 얼굴근육 작동시스템을 동원해 어색하게 인상을 찌푸리며 대답했다. 세라는 아시모프의 말을 다 듣지도 않고 자리로 돌아와 버렸다. 아시모프는 끈질기게 세라를 따라왔다.

"여섯 시까지 마치셔야 내일 회의에서 발표가 가능합니다."

"꺼져 버리라고!"

사무실 안은 순식간에 고요해졌다.

"다시는 너희들에게 도움을 받지 않을 거니까!"

아시모프가 물었다.

"돕지 않아도 되는 겁니까? 그렇다면 저는 다른 일을 찾겠습니다."

"꺼지라는 말 못 들었어!"

아시모프는 다른 사무실로 가버렸다.

세라는 여전히 씩씩거리고 있었다. 자신의 감정이 어디에서 나온 것인지도 알 수 없었다. 그것은 사람과 기계를 포함해 세라가 처음으로 누군가를 모욕하고 멸시한 경험이었다.

사실 세라도 알고 있었다. 자기 자신에 대한 원망을 아시모프에게 쏟아부었다는 것을. 인간을 상대로 하지 못했던 일을 로봇에게 하고 있다는 사실, 인간에게서 채우지 못한 사랑의 감정을 안드로이드에게 채우고 싶어 한다는 사실도.

빈 사무실에 일하는 사람은 세라 혼자뿐이었다. 세라는 관리실에 전화를 걸어 아시모프 17호를 부탁했다. 그러나 대기 중인 아시모프가 없다는 답변이 돌아왔다. 그제야 그녀는 낮에 내린 자신의 명령이 기억났다.

내일 아침 회의를 위해서는 최소 다섯 시간 이상을 자리에 남아 있어야 했다. 오늘 밤은 윤호와의 약속이 있는 날이기도 했다. 윤호를 만난다면 세라는 자신의 감정을 숨겨야 할 것이고, 윤호는 그런 세라의 감정을 읽어내려고 애를 쓸 것이다. 그는 세라의 그런 태도를 분명히 인식한 채 그녀를 대할 것이 확실했다.

늘 그렇듯 세라는 또다시 민아에게 전화를 걸었다. 민아는 핑크 엘리펀트 12번 펍에 있다고 했다. 세라는 책상도 정리하지 않은 채 가방을 들고 사무실 밖으로 나와버렸다.

세라가 지나갈 때마다 주위가 밝아졌다. 위험 요소가 없음을 확인해주는 녹색의 보안등도 깜박거리고 있었다. 세라는 인도를 걸었다. 세라를 제외하고 걷고 있는 것은 아시모프뿐이었다. 세라는 그렇게 인간들만 들어갈 수 있는 핑크 엘리펀트 가로 걸어갔다. 바코드를 찍고 엘리펀트 입구에 들어선 때는 새벽 한 시가 넘은 시각이었다.

12번 펍에서 민아는 술을 마시고 있었다. 얼굴은 붉어져 있었고, 낮에 입었던 정장은 청바지와 노란색 민소매 티로 바뀌어 있었다.

"핑크 엘리펀트엔 웬일이야? 정신 건강에 안 좋을 텐데."

민아는 만나자마자 세라를 놀리려 들었다.

"아까 카페에서 있었던 일을 풀고 싶어서."

"넌 하고 싶은 말이 있어서 찾아온 거야. 그렇지?"

민아는 그런 세라의 마음을 모두 알고 있기라도 한 것 같았다.

세라는 오늘 아시모프에게 자신이 했던 행동에 대해 이야기했다.

"죄책감이라도 느끼는 거야?"

세라는 고개를 흔들었다.

"불편하고 짜증만 나던 걸. 아시모프를 제대로 활용하지 못했다고 재교육을 명령받을지도 몰라."

"그게 로봇 회사들의 전략이야. 아시모프를 잘 활용하라고 해놓고는 결국 아시모프가 아니면 일을 하지 못하도록 만들어 버리잖아. 안드로이드도 마찬가지야. 넌 결국, 윤호와 헤어지고 나면 누구도 만날 수 없을지도 몰라. 인간의 능력을 빼앗아가는 게 그들의 능력이라고. 일자리를 빼앗고, 사랑을 빼앗고, 곧 개발될 양육 안드로이드는 어머니의 자리까지 빼앗겠지. 지구상의 모든 것을 차지하게 될 거고, 인간은 정신만 남게 될 거야."

세라가 말했다.

"두려운 거야?"

민아는 긍정도 부정도 하지 않았다.

"러브슈프림은 인간들의 심리연구와 정신분석 자료를 끊임없이 개발하고 있잖아. 안드로이드는 최후의 인간 표본을 목표로 하고 있어. 신제품은 끊임없이 갱신되는 인간 데이터의 분석 결과지. 안드로이드는 최후의 인류로 역사에 기록될지도 몰라."

"그래 봤자 기계 덩어리야."

무의식중에 내뱉은 세라의 말에 민아는 웃어버렸다. 마치 세라의 그런 태도를 기다리기라도 한 것처럼.

"세라, 너 역시도 그렇게 생각하고 있었던 거야. 넌 내게 윤호를 존중하도록 요구하면서도 너 스스로가 윤호를 존중하지 않았던 거야. 그렇지?"

"아니야, 윤호에 대한 내 마음은 진심이야."

"그건 알아. 하지만 넌 윤호가 안드로이드이기 때문이 아니라, 널 불안하게 만들지 못하기 때문에 불안한 거야. 그런 의미에서 넌 여전히 평등주의자야. 기계든 인간이든 널 불안하게만 한다면 넌 그를 존중할 테니까."

세라는 민아를 향해 감정을 쏟아냈다. 아시모프에게 자신의 혐오를 드러냈던 오늘 오후처럼.

"난 적어도 너 같은 로봇 혐오자가 아니야. 로봇이 뭔가를 잘못하면 인간보다 부족하다고 욕하고 로봇이 훌륭하면 너무 인간답다고 문제 삼잖아. 허구한 날 이곳에 갇혀서 술이나 마시는 너희들도 인류 역사에 도움이 안 되긴 마찬가지야."

민아는 무언가 세라를 향해 말하려고 하다가, 자리에서 일어나 나가버렸다. 주변에 앉아있던 사람들이 모두 세라를 바라보고 있었다. 세라는 자리에서 일어나 밖으로 나왔다.

거리는 쓰레기들로 가득했고, 소리를 지르며 질주하는 폭주족들이 로봇 학살에 대한 삐라를 뿌리며 돌아다녔다. 가로등은 군데군데 깨져 있었지만 누구 하나 그것을 보수할 생각은 없는 듯했다. 가로수는 말라죽은 지 오래되었고, 버려진 개들이 돌아다니며 오줌을 갈기거나 사람들을 위협하며 으르렁거렸다.

세라는 이 지긋지긋한 곳에 살고 있는 사람이 어떤 방식으로 안드로이드를 혐오하고 있는지 알 것 같았다. 그들은 그저 증오할 대상을 찾던 중에 좋은 상대를 만난 것뿐이었다. 그들은 증오의 감정을 드러내지 않고는 살 수 없는 자들이었다. 이들이 윤호의 눈에는 어떻게 비칠까. 차라리, 이런 세상에서라면 윤호는 사라져 버리는 게 낫지 않을까. 어쩌면 때가 온 것인지 모르겠다고 세라는 생각했다.

세라는 윤호에게 전화를 걸었다.

윤호는 조금 졸린 목소리로 세라의 전화를 받았다.

"윤호, 여기 핑크 엘리펀트야. 3번 펍으로 와. 니가 올 때까지 기다릴게. 만약 니가 오지 않는다면 우리는 오늘로 끝이야. 알겠지?"

그렇게 말하고 세라는 전화를 끊어버렸다.

세라는 3번 펍으로 들어갔다. 그곳에도 온통 인간뿐이었다. 일하는 사람도, 술을 마시는 사람도 웃는 사람도. 안드로이드와 아시모프는 들어올 수 없는 지역. 윤호는 들어올 수 없을 것이다.

세라는 밤새도록 그곳에서 윤호를 기다리기로 마음먹었다. 윤호는 오지 못할 것이고 그러면 윤호에 대한 마음을 정하기가 훨씬 편해질 것 같았다. 비겁하게도.

세라는 웨이터에게 술을 주문했다. 인간이 운영하는 곳이라, 술값의 두 배가 넘는 팁을 줘야 했다. 단지 인간이라는 이유만으로 그 정도의 가치를 지급해야 하는지 의심스러웠다. 무엇이 다를까. 서로가 인간이라는 걸 확인하는 거 이외의 다른 효용은 없었다. 서로의 특권의식을 확인하며 술잔과 돈을 교환할 뿐.

펍 안에서 연인들은 싸우기도 하고 즐겁게 놀기도 하며 자신들만의 특권을 누리고 있었다. 인간끼리의 사랑과 연애를 공유하고 있다는 특권은 그곳에 없는 안드로이드와 아시모프를 소외시켜야만 자신들이 인간임을 확인할 수 있는 것임에도.

"술 더 드려요?"

웨이터가 물었고 세라는 고개를 끄덕였다. 생각해 보면 윤호와 함께 갔던 곳은 모두 정부와 러브슈프림 엔터테인먼트의 허가가 난 곳뿐이었다. 그곳에 있어야만 윤호의 행동이나 위치와 그의 시스템을 감시할 수 있기 때문이었다.

윤호의 집에 딱 한 번 가본 적이 있었다. 인간의 집을 흉내 냈지만 욕실과 주방에는 물기 하나 없었고 냉장고는 텅 비어있었다. 세라가 장을 보고 냉장고 안에 식료품을 넣어두자 윤호는 쓸쓸한 표정을 지었었다. 그것 역시도 프로그램에 내장된 감정이었을 것이다.

세라가 술을 마시면 윤호는 함께 술을 즐기는 척했고, 어느 날은 피곤하다는 듯 일찌감치 침대에 곯아떨어지기도 했다. 그 모든 것이 인간을 닮아있었다. 프로그램은 혐오스러울 만큼 완벽했다.

세라는 윤호에 대한 감정이 언제까지 갈 것인지 생각도 못한 채 덜컥 계약을 해버린 자신이 후회스러웠다. 모두, 안드로이드를 버렸다. 세라는 자신이 절대로 인간에게 돌아갈 일이 없기 때문에 윤호를 버리지 않을 수 있을 것이라고 확신했는데 문제는 그것이 아니었다. 그녀가 버릴 수 있기 때문에 윤호는 안드로이드였다. 그리고 그녀가 사랑을 접는다는 것은 그 존재가, 윤호라는 로봇이 이 세상에서 완벽하게 소멸된다는 것을 의미했다. 그런데 지금 세라는 자신이 한 행동이 무엇인지도 모른 채 윤호에게 이곳 핑크 엘리펀트로 오라는 말을 지껄인 것이다. 윤호는 아마도 자신이 처한 상황에 대해 자기 나름의 프로그램을 굴려 어떤 결과를 내놓아야 할지 최적의 요소를 뽑고 있을 터였다. 때론 윤호와 지낸다는 것이 편리하기도 했다. 윤호의 반응을 통해 세라는 자신이 무슨 말을 했었는지 다시 의식할 수 있게 되었으므로.

세라는 자기도 모르게 문 쪽을 바라보았다. 문이 열리는 소리가 들리지도 않았고 어떤 기척도 느끼지 못했지만 세라의 몸이 그렇게 움직였다.

열린 문 앞에 윤호가 서있었다. 세라는 자신이 꿈을 꾼 게 아닐까 하고 윤호를 바라보았다. 정말로 그였다. 세라를 향해 천천히 다가오더니 세라의 옆자리에 앉았고 인간처럼 술을 주문했다.

"어떻게 온 거야?"

윤호는 예의 그 자연스럽고 아름답기까지 한 웃음을 지으며 대답했다.

"오라고 했잖아요."

윤호는 그렇게 말하곤 실실 웃고만 있었다.

"윤호. 여길 어떻게… 여긴 너희들이 올 수 없는 곳 아니야?"

윤호는 어깨를 으쓱해 보였다. 윤호의 얼굴에는 어떤 불안감도 절망감도 없었다.

"미안해 윤호. 너한테 내가 몹쓸 짓을 했어. 정말로 미안해."

세라는 거의 울 듯한 목소리였다. 윤호가 세라를 위로했다.

"그럴만한 이유가 있을 거라 생각했어요. 근데 여기 특별하다고 할 만한 건 없네요. 다들 웃고 떠들면서 즐거운 척하고, 끊임없이 할 말을 생각해내고 있는데요? 나처럼."

세라는 기분이 풀리는 것 같았다. 윤호는 역시 자신의 연인이라고, 그리고 윤호가 인간을 반영하고 있는 어떤 것이라면 그것 역시 인간일 것이라는 생각에 가닿았다.

"그래, 결국 모두가 똑같아."

윤호가 말했다.

"오늘 밤 엘리펀트에서 밤새 놀지 않을래요?"

세라는 내일 있을 회의가 떠올랐다.

"미안해, 윤호, 아직 일을 마치지 못했어. 사실은,"

"사실은?"

윤호가 세라를 향해 물었다.

"아시모프들을 죄다 거절해 버렸어. 혼자서 할 수 있을 것 같았는데, 생각이 복잡해져서 일을 다 못 마쳤거든."

"지금, 가야 해요?"

윤호가 물었다.

"내일 아침에 회의가 있어. 네가 오니까 정신이 번쩍 들었어. 내가 무슨 짓을 한 건지 이제 알겠어."

윤호는 세라의 말을 다 듣지도 않은 채 말을 잘랐다.

"세라, 할 말이 있어요."

윤호는 뭔가 할 말이 있는 표정을 지어 보였다. 슬픈 것 같기도 하고, 아무렇지도 않은 듯한, 묘한 표정이었다.

"오늘 밤 여기에서 나가면 이제 더 이상 나를 볼 수 없을 거예요."

윤호는 술을 한 모금 들이켰다. 그 모습은 영락없이 인간이었다. 세라는 조금 불안해졌다.

"제 고유번호를 입구에 넘겨주고 왔어요. 이곳에서 나가자마자 바로 회사에 소환될 수 있도록요."

"무슨 말이야 그게? 소환이 되다니! 난 아직 널 버리지 않았어!"

"마지막이라는 말은 인간들을 나약하게 하니까요. 당신이 한 말을 입구에 있는 사람에게 그대로 전송해주고 들어오는 걸 허락받았어요."

세라는 윤호의 말에 눈물이 쏟아지는 것을 참을 수 없었다. 주변 사람들은 늘 그렇듯 연인 사이의 싸움이겠니 생각하며 두 사람을 힐끔거렸다. 세라는 자신의 어리석음이 만들어놓은 상황에 후회하고 있었다. 그러다 불현듯 생각이 떠올랐다.

"윤호, 여기서 나가지 않으면 돼!"

"나가지 않으면요?"

윤호는 녹색 눈동자를 더욱 크게 뜬 채 순진한 얼굴로 세라를 바라보고 있었다.

"여기서 사는 거야. 여긴 러브슈프림에서 절대로 들어올 수

케세라세라, 안드로이드

없는 곳이야. 넌 완전히 인간하고 똑같이 생겼으니까, 아무도 널 의심하지 않을 거야."

"러브슈프림에서 가만 안 있겠죠. 어떻게든 나를 찾아낼 거예요. 전단을 붙이고 경찰을 풀겠죠."

"여긴 로봇 혐오증을 가진 사람들만 모여 있는 곳이야. 러브슈프림의 행보 하나하나를 이곳 사람들이 감시하고 있는데, 감히 이곳으로 들어올 수 없을 거야. 한 발자국만 이곳에 발을 들였다간 로봇 생산권을 다른 회사에 넘겨야 할 수도 있어."

윤호는 무표정하게 대답했다.

"여기서 사는 게 제게 어떤 의미가 있죠?"

세라는 그 말에 대답을 할 수 없었다. 세라는 술집의 바를 멍하니 바라보았다. 자세히 보니 웨이터는 발을 조금 절고 있었다. 그는 천천히 걸어 다니면서 중심을 잃지 않으려고 했고, 절름거리면서도 어떤 균형을 가지고 있었다.

"여기에서 나가지만 않는다면 넌, 정말로 인간이 될 수 있어."

윤호는 웃으며, 하지만 조금은 자조적으로 대답했다.

"그래 봤자 인간인 척하는 로봇이겠죠."

"이곳의 모든 인간이 널 인간이라고 생각한다면, 넌 그저 인간일 뿐이야. 여긴 안드로이드가 들어올 수 없는 곳이니까."

"세라, 난 어차피 끝났어요. 이렇게 이곳에 와 있는 것 자체가 말이 안 되는 거잖아요."

"윤호, 날 위해서 제발 이곳에 있어줘. 잠깐이라도."

세라는 자신이 만든 비극 앞에서 쩔쩔매고 있었다.

"혼란스러워요. 핑크 엘리펀트에 들어간다는 것은 저에게 불가능을 의미하거든요. 그런데 나는 여기 이렇게 와 있잖아요. 만약에, 당신이 나를 버리면……."

윤호는 생각났다는 듯 활짝 웃으면서 말을 이어갔다.

"그땐, 정말로 인간이 될 수 있겠군요."

"무슨 말이야?"

세라는 바보가 된 기분이었다. 게다가 윤호는 자신이 한 말에 대한 반응 대신 의미를 만들어 내면서 이야기를 이어가고 있었다.

"이곳에서 당신이 날 버리면, 나는 완벽히 자유로울 수 있을 테니까요. 그럴 수 있죠? 날 만나서도 안 되고 다시 나를 리콜해서도 안 되는 거예요. 날 위해 아무것도 해선 안 돼요. 내일 안소니앤더존슨스 마켓이 열리잖아요. 신제품 안드로이드가 대량으로 쏟아질 거래요. 거기에 가면 당신이 원하는 누군가가 분명히 있을 거예요."

세라는 윤호가 자신을 놀리는 것처럼 느껴졌다. 화가 나고 얼굴이 붉어졌다. 그리고 이런 대화가 처음이 아니라는 것이 떠올랐다. 세라는 자신의 쓸데없는 기억이 윤호와의 관계에서 피해의식을 불러일으키고 있는 거라고 마음을 다잡았다.

"윤호, 여기서 나가자. 내가 어떻게든 해볼게."

윤호는 차가운 표정으로 대답했다.

"핑크 엘리펀트에 있는 사람들처럼 난 안드로이드 검사를 거부할 거예요. 끝까지 인간의 존엄성을 가지고 저항하면 누구도

케세라세라, 안드로이드

나를 어떻게 할 수 없을 거예요. 우습군요. 인간들의 땅에서 버림받았다는 이유로 인간이 되다니."

세라는 윤호의 말투가 언젠가 자신과 다퉜을 때와는 조금 다르다는 것을 느꼈다. 처음 느끼는 감정이었다. 그는 예전의 그 나긋나긋하고 따뜻한 감정을 버리고 완전히 돌아선 사람처럼 굴었다.

"윤호, 아까는 여기서 나가도 상관없는 것처럼 굴더니 왜 지금은 인간이 되겠다고 하는 거지?"

"당신이 나에게 바라는 게 그거잖아요. 이제까지 당신이 내게 했던 모든 행동과 마음이 어떤 것이었는지 이제야 알 것 같아요. 당신은 내가 인간이 되길 바라는 거죠."

그렇게 말하는 윤호의 표정은 이제까지 단 한 번도 보지 못한, 진짜 인간들이 가지고 있는 특권의식, 허위에 가득 찬 표정이었다. 윤호의 시선은 바텐더가 지나다니는 바 안쪽의 빈 공간을 향해 있었고, 아름다운 턱을 슬며시 위로 치켜든 채 기다란 손가락을 술잔 위에 얹어놓고 있었다. 세라는 그 순간 자신이 윤호의 프로그램을 구성할 때 금지해 두었던 태도와 말투를 윤호가 채택하고 있다는 사실을 깨달았다. 그러나 곧 세라는, 윤호가 안드로이드이며 인간과 다르다는 어떤 희망을 가지고 선언하듯 말했다.

"윤호 넌 안드로이드야. 난 너의 연인이라고."

윤호는 쓸쓸하게 웃으면서 대답했다.

"아니요. 내가 여기 들어온 이상 당신은 내 연인이 아니에요.

그러니까 이제 당신은."

윤호가 잠시 말을 멈추었다 입을 열려고 할 때, 세라가 먼저 말을 내뱉었다.

"난, 이제 막 안드로이드에게 버림받은 최초의 인간이 된 거야. 그렇지?"

윤호는 세라를 향해 알듯 말듯 한 표정을 지어 보이며 물었다.

"그거 역시 당신이 바라던 건가요?"

두 사람은 마침내 서로가 한 번도 되어볼 수 없는 존재가 되었다는 사실에 놀라 서로의 얼굴을 보며 허탈하게 웃고 있었다.

케세라세라, 안드로이드

보스턴 다이내믹스
그 후

갈색의 낡은 외투를 입은 남자가 앞을 향해 손을 흔들었다.

"어이, 오늘은 일찍 나왔군?"

낡은 외투는 너무 오래 입어서 군데군데 헤어져 있었다. 옷소매는 너덜너덜해진 실들이 여러 갈래 빠져나와서 손을 움직일 때마다 덜렁거렸다. 소매와 옷깃에는 시꺼먼 때가 몰려있었다.

다가오는 남자에게는 술 냄새가 풍겼다.

"당연하지. 난 이곳에서 자네랑 그 개랑 잠을 잤으니까."

주정뱅이가 턱으로 벤치 옆에 앉아있는 개를 가리키며 말했다.

"허구한 날 같은 농담을 하는 게 지겹지도 않나. 한 번만 더 그 소리 하면 내 가만있지 않을 거야."

외투는 주정뱅이의 말을 대충 흘려들으며 개의 머리를 쓰다듬었다. 개는 그의 손길이 익숙한 듯 멀리 공원을 오가는 사람들을 바라보았다.

개의 목에는 검은색 카메라가 걸려 있었다. 검은색 카메라는 지금은 생산되지 않는 오래된 모델로, 카메라 안에 넣는 칩 역시도 어디서도 구할 수 없는 것이었다. 카메라의 줄은 개의 몸통에 딱 알맞게 줄여져 있어서, 개가 허리를 펴고 네 발로 땅을 짚고 앉

105

으면 카메라는 개의 가슴에 보기 좋게 놓였다. 개는 카메라를 자랑스러워하기라도 하는 듯 자세를 꼿꼿이 유지하고 있었고, 주변 노숙자들이 야유를 보내고 난리를 피워도 꿈쩍하지 않았다. 공원을 지나는 다른 사람들이 개에게 헛짓을 하기 전에 외투나 주정뱅이가 먼저 손을 썼기 때문에 개에게 직접적인 해가 미친 적은 없었다. 어쨌거나 개는 그렇게 가만히 카메라를 달고 앉아있기만 해서인지, 혹은 거의 자신의 몸이 되어버린 카메라가 불편해서인지, 움직이거나 달리거나 하는 것에 대한 감각은 잃어버린 듯했다.

"소식 들었지?"

외투가 물었다.

"소식? 글쎄 뭔지 모르겠지만 관심 없는데. 고작 한 시간 이야기를 하고 나면 그뿐이지."

주정뱅이 남자는 정말로 귀찮아하고 있었다. 아침부터 공원 경비원들이 화장실에서 자고 있던 그들을 밖으로 쫓아버린 탓이었다.

남자는 눈을 뜨면서부터 술이 마시고 싶어져서 조금 짜증이 나 있었다. 길거리 생활을 하려면 어느 정도의 술은 필요하다고 그는 생각했다. 반면, 외투는 술은 입에도 대지 않았다. 대신, 그는 무언가 달관했다는 듯 구는 걸 좋아했고, 사연이 있는 사람처럼 굴었다.

"말해봐. 그 가지고 온 소식 말이야."

"감정기계 말이야. 무료하지 않기 위해 개발된 그 기계."

"아, 출시되고 한 달 만에 수십 대가 이 공원에 버려졌었지."

보스턴 다이내믹스 그 후

주정뱅이가 무릎을 딱 치면서 대답했다. 그는 그때를 생각하면 진저리가 난다는 듯 고개를 양옆으로 저었다.

"엄청났지. 온갖 것을 가지고 반응을 해댔으니까. 이 개를 두고 그것들이 했던 말 기억나?"

"안 나는데?"

"자넨 아무것도 기억하지 못한다고 해놓고서는 결국에 모든 걸 다 알고 있었다는 듯 굴지."

외투는 조금 머쓱해져서는 개를 한번 바라보았다. 개는 여전히 움직이지 않았다. 그러다 낙엽 한 장이 바람에 날려 바스락거리자, 슬쩍 고개를 돌렸다.

주정뱅이는 벤치 옆 쓰레기통에서 찾아낸 술병을 가지고 와, 바닥에 남아 있던 술을 입안에 쏟아 넣었다.

"됐네. 그만두지."

외투는 이 모든 이야기가 무슨 소용이 있겠는가 싶어졌다.

주정뱅이는 아니었다. 그는 처음에는 모든 것에 죄다 관심이 없다가도 술을 한 모금 마시면 모든 것이 조금씩 바뀌는 경험을 여러 번 했고, 그것이 그가 술을 마시는 이유인지도 몰랐다.

"시작을 했으니 끝을 봐야 할 게 아니야. 어서 해보라고. 어서."

외투가 외투의 깃을 올리며 말했다.

"그 기계가 꽤 사네 하는 집구석에는 하나씩 구비되어 있다는 걸 자네도 알겠지?

그는 춥다는 듯 자꾸만 외투의 깃을 치켜세우면 말을 이어나갔다.

"처음 이야기를 들었을 때는, 그게 사막에서 건너온 새로운 골동품인 줄 알았다니까. 그건 모든 것에 대해 반응을 한다고 들었으니까. 책상에 대해 의자에 대해, 꽃병과 잠수함에 대해. 모든 걸 아는 것처럼 떠벌이기도 했고 또 어느 때는 볼펜이나 할아버지의 하얀 수염을 가지고 처음 본다는 듯 호들갑을 떨어 댄다고들 했지."

외투는 그렇게 말하고는 숨을 골랐다. 개는 여전히 정면을 바라보고 있었다.

공원에는 그들처럼 갈 곳이 없는 부랑자나 소일을 찾아 나온 노인들, 시간을 낭비하기 위해 모여든 연인들이 산책 중이었다.

공원은 가을이라는 것을 제외하고는 특별한 것이 없는 듯했다. 계절은 늘 그렇듯, 사람들을 제 자리에서 여행을 하게 해주었다. 그들이 옷깃을 한번 올리고 주머니에 손을 넣는 일, 더 추워지면 따뜻한 옷을 입는 것이 그것을 증명해 주었다.

"그게 바로 감정기계였지. 그게 강남 어느 아파트에 처음 들어왔다는 거야. 순식간에 아파트 전체가 그 기계들로 채워졌지만 말이야. 그 집에는 그 기계 말고도 또 한 대의 기계가 있었지. 그건 엄청난 값어치를 자랑하는 거라고 하더군. 뭔지 맞춰 볼 텐가?"

외투가 주정뱅이 남자를 바라보았다.

"그걸 내가 어떻게 알겠어."

주정뱅이 남자는 피곤해졌다는 듯 풀이 죽은 채 대답했다. 술이 마시고 싶었기 때문이다. 외투는 이제 막 이야기가 시작됐는데,

보스턴 다이내믹스 그 후

불평하는 주정뱅이 사내가 미웠다. 그러나 순간 개 짖는 소리가 그의 그런 생각을 빼앗아 버렸다. 개는 가만히 앉은 자리에서 두어 번 짖고는 이내 잠잠해졌다. 주정뱅이는 신기하다는 듯 말했다.

"이 녀석은 짖기만 해."

"맞아. 이 녀석은 뛰질 않아."

외투가 개에 대해 잘 알고 있다는 듯 대답했다.

"왜 그렇지?"

"카메라가 목에서 벗겨질까 봐 뛰질 않는 거지."

주정뱅이는 또다시 쓰레기통을 바라보고 있었다. 술기운이 필요했다. 벌써 벤치에 앉은 지 한 시간이 넘었으니 배를 채울 무언가가 필요한 시간이기도 했다.

"뛰지 않는 법을 배운 게지."

외투는 자신이 한 말이 자랑스럽다는 듯 주정뱅이를 바라보았다.

"목이 마른데?"

주정뱅이는 여전히 쓰레기통을 바라보고 있었다. 외투는 어쩔 수 없다는 듯 자리에서 일어나 말했다.

"매점으로 가지. 술 한 병은 얻을 수 있을 거야. 매점 뒤뜰 청소를 좀 도와주면 될 테니까."

그 말에 주정뱅이는 기분이 좋은 듯, 외투를 보고 말했다.

"그래, 우리도 좀 걷지. 그렇지 않으면 걷는 법을 잊을 테니까."

둘은 매점에 가기 위해 자리에서 일어났고, 개는 제 자리를 지키고 있었다.

외투는 항상 두 손을 주머니에 넣은 채 걸었고, 주정뱅이는 몸을 앞으로 구부린 채 한 발을 내딛을 때마다 균형을 다시 잡아야했으므로, 오십 미터도 안 되는 매점까지 가는 데 시간이 좀 걸렸다.

그들은 서두르지 않았다. 주정뱅이는 가는 동안 한 번씩 기침을 했고, 외투는 자꾸만 몸을 떨었다.

그들이 도착한 곳에는 자판기계가 여러 대 서있었고, 그 옆에는 임시 매점이 있었다. 외투는 매점의 닫힌 창문을 두드렸다. 매점 주인이 귀찮다는 듯 술 한 병을 작은 창 아래 불쑥 내밀었다.

"뒤뜰에 있는 거나 좀 치워줘요. 쓰레기차가 오기 전에."

주정뱅이는 재빨리 싸구려 술병을 받아들고는 한 모금 들이마셨다. 외투가 먼저 뒤뜰로 걸어가자 주정뱅이도 그를 따랐다.

그들은 뒤뜰에 함부로 버려진 유리병과 캔을 분류해서 커다란 포대 안에 담기 시작했다. 밤사이에 얼마나 많은 작자들이 이곳을 다녀갔는지 알만했다. 하긴 어제는 토요일이었으니까.

"이걸 다 치우면 뭘 좀 먹어야겠어."

"저 녀석은 우리가 공짜로 음식을 받아먹는다고 생각하는 게 분명해. 우리만 보면 억울하다는 표정을 짓잖아."

주정뱅이는 술병을 포대에 담으면서, 술병에 조금씩 남아 있는 술을 전부 입에 쏟아 부었다. 그런 통에 일은 쉬이 끝날 줄 몰랐다.

"이 일을 우리 같은 작자만 할 수 있다는 게 녀석은 싫은 거야. 하지만 생각해봐. 집이 있고 돈이 있는 녀석들이 이런 일까지 한

보스턴 다이내믹스 그 후

다면 그건 정말로 불공평한 거지."

외투가 말했다. 그는 캔을 봉투에 담으며 주정뱅이가 하는 것처럼 쓰레기통의 음료 병에 남은 음료를 들이켰다. 그들은 뒤 뜰에 흩어진 쓰레기를 포대 세 개에 옮겨 담은 후, 매점의 사내 에게 팔다 남은 음식을 얻을 수 있었다.

그들은 음식을 가지고 천천히 개가 있는 벤치로 걸어갔다. 어 차피 팔 수도 없는 음식이었지만 매점 남자는 그것에 대해서 불 만스러워했다. 허나 매점 남자도 도리가 없었다. 음식이 남아도 는 것에 대해 정부가 제재를 가할 수 있었기 때문에 그는 순순히 팔고 남은 음식을 그들에게 주어야만 했다.

외투와 주정뱅이는 벤치에 앉아 유통기한이 지난 음식들로 만찬을 즐겼다. 종종 배앓이를 하기도 했지만 지금은 여름이 아 니므로 딱히 걱정할 일은 아니었다. 여름이더라도 별수 없었다. 그들은 눈앞에 주어진 것을 먹었고, 없으면 굶었고, 술을 얻기 위해 쓰레기를 분류했다.

외투는 꼿꼿이 앉아있는 개 앞에 음식을 놓아주었다. 이제까 지 점잖게 앉아있던 개도 정신없이 음식을 먹어 치웠다. 다 먹고 난 뒤에는 언제 그랬냐는 듯 근엄하게 자세를 유지했다. 외투는 그런 개를 바라보며 자신의 턱을 쓰다듬었다. 마른 살가죽이 왼 쪽으로 조금 밀리면서 얼굴에 커다란 주름이 생겼다 사라졌다. 주정뱅이는 얻어온 술을 한 모금 들이켰다.

"어릴 적에 말이야. 강물을 마셔본 일이 있어."

주정뱅이가 말했다.

"의도한 건 아니었어. 강에 빠져서 어쩔 수 없이 물을 들이켜게 된 거니까."

"죽을 뻔했군."

외투가 말했다.

"하지만 살았지."

"산다는 건 좋은 거야."

"아직 모르겠어. 죽는 순간에야 그걸 느낄 수 있을까?"

"죽는다는 걸 모르고 죽는다면 그걸 느끼기도 힘들 거야."

주정뱅이가 카악 하고 목구멍에서 가래를 끓어 올리고는 벤치 옆자리에 퉤하고 뱉었다. 외투는 주정뱅이가 하는 것을 가만히 보고 있었다.

"기계들 말이야. 그것들은 죽음을 모르겠지?"

외투가 개를 바라보며 말했다. 그리고는 주정뱅이에게인지, 자기 자신에게인지 되물었다.

"안쓰럽지 않아?"

"뭐가 말이야?"

"감정기계 말이야."

"그래, 우리가 그 이야기를 했었지. 지금 이 도시는 그 기계에 대한 이야기뿐이니까."

외투는 그제야 처음에 자기들이 무슨 대화를 했었는지 기억해냈다. 그리고는 활기차게 말을 이어갔다.

"어쨌든 잘 사는 집에서는 흔하디흔한 감정기계와 고급스런 철학기계를 둘 다 가져다 놓았던 거야. 사실 철학기계가 고급

보스턴 다이내믹스 그 후

스럽다고는 하지만 나중엔 모든 집에 한 대씩 다 있지 않았어? 둘 다 흔한 게 되었지. 그렇게 되자 그게 없으면 살 수가 없다는 듯이 생각하게 된 거야."

"이름만 달리 붙인 엉터리였지. 그건 감정기계이기도 했고 철학기계이기도 했지. 두 대가 말을 하다 보면 똑같아졌다잖아."

주정뱅이는 자신의 코를 오른손으로 이리저리 비벼댔다.

"난 가끔 헷갈려. 내가 왜 여기 있는질 도무지 모르겠다니까."

외투는 쓸쓸한 듯 공원 먼 데를 바라보며 금세 또 감상에 젖었다.

"그건 정신 때문이야. 정신은 여러 개인데, 육체가 하나뿐이라서 인간은 오류를 일으키기 마련이지."

"무슨 헛소리를 하는 거야. 정신이 여러 개라니. 정신은 하나야. 한 번에 하나만 생각하지. 여러 개를 한꺼번에 생각한다는 것은 착각이야. 생각이란 뇌 속의 전기 자극에 의해서 이루어지는 과정이란 말이야. 뇌라는 것이 워낙 출중해서 마치 여러 생각을 한꺼번에 한다고 느낄 뿐이지."

주정뱅이는 그렇게 말해놓고는 엄지와 검지로 코를 잡고는 코를 휑하고 풀었다. 외투는 주정뱅이가 한 말을 잠자코 듣고는 이렇게 대답했다.

"그렇담 도시에 가득한 기계는 뭐지? 그것들도 전기와 회로에 의한 과정으로 돌아가지 않나."

"기계는 기계일 뿐이지. 그것들은 진정한 의미에선 대화를 나누지 않아. 고민을 하거나, 헷갈리지도 않지. 인간들처럼 놀고 싶어 하거나 자살하고 싶어 하지도 않아."

주정뱅이가 외투의 생각을 바로잡아주려는 듯 단정적으로 말했다.

"그래? 모든 인간적인 것이 배제되어 있군. 꼭 하느님 같아."

외투가 성호를 그으며 중얼거렸다. 그는 자신이 하는 말이 무엇인지는 몰랐지만 그런 식의 말이 근사해 보인다고 생각하는 것 같았다.

컹컹컹. 개가 짖었다. 개는 다시 연달아 몇 번을 더 짖었다. 외투와 주정뱅이는 서로를 바라보며 눈을 동그랗게 떴다.

"이런 식으로 짖는 건 처음 봤는데?"

주정뱅이는 신기한 듯 개를 이리저리 살펴보았지만, 개는 평소에 그들이 바라보던 모습과 모든 것이 똑같았다.

"그거 아나? 이 개가 메고 있는 카메라에 엄청난 사진이 있다고 하던데."

외투를 입은 남자가 속삭이듯 말했다.

"그렇다면 사진을 한 번 보는 게 어때?"

주정뱅이가 대답하자, 외투가 손사래를 쳤다.

"사진을 보려고 하는 사람은 저 개에게 물려서 크게 다친다잖아. 죽을 수도 있다고 들었어."

외투가 제법 차분하게 대답했다.

"그렇다면 저 개의 주인은 볼 수 있지 않을까?"

주정뱅이가 다시 물었다.

"지금 저 개의 주인은 카메라야. 개가 카메라의 주인이듯."

보스턴 다이내믹스 그 후

외투는 또다시 습관처럼 논리적이진 않지만 제법 그럴듯한 말을 늘어놓았다.

"하지만 저놈이 카메라를 소유했다는 걸 어떻게 증명하지?"

"저 목줄이 증명하지. 줄이 짧거든. 저건 저놈만이 소유할 수 있다는 말이야."

주정뱅이는 납득이 되었다는 듯 고개를 끄덕였다. 둘은 한참이나 대답 없이 공원 이리 저리를 둘러보았다. 벌써 오후가 되어 바람이 쓸쓸했다.

"맞아. 감정기계, 그리고 그 돈 많은 분들이 좋아하신다는 그 철학기계. 내가 하려던 말은 바로 그거였어. 두 개의 기계는 평소에 만나는 일이 별로 많지는 않았어. 예를 들면, 감정기계는 주로 거실에 있었고, 철학기계는 주로 서재 같은 곳에 있었으니까. 그런데 말이야. 두 개가 만난 거야. 서로 반응을 한 거지. 둘이 왜 그렇게 극적인 반응을 일으켰는지는 아무도 몰라. 물론 한집에 있으니까 무수한 방식으로 부딪힐 기회는 있었겠지. 문제는 바로 그들의 화학작용이었어."

외투는 그제야 자신이 하려던 말을 생각해 내고는 자세를 바르게 고쳐 앉았다.

"불!"

"그래, 불! 두 기계가 만나서 작용을 일으키고 서로가 서로를 망가뜨렸고, 불이 났다는 거야. 불이 나기는 했지만 기계들은 거의 멀쩡했어. 스프링클러가 아주 재빨리 작동했거든. 자네도 알겠지만, 도시의 많은 것들이 지나치잖나. 너무 느리거나 너무 빨라서 쓸모가 없어. 어쨌든, 두 기계는 망가져버렸지. 불 때문이 아니라, 물 때문이었을 거야. 회사 사람들은 난리가 났고 말이야. 하나의 기계가 다른 기계를 만나서 함께 죽을 수 있다는 것을 상상해보질 못했거든. 그건 재앙과 같은 거야. 그런 식으로 예상과 가능성과 수치 등을 빗나가기 시작하면 그것들은 자기들의 관리 밖의 일이 되어 버리니까."

"그게 다야?"

주정뱅이는 그게 도대체 무슨 문제인지 모르겠다는 듯 묻고는, 또다시 술병을 입에 가져다 댔다. 술은 이제 거의 바닥이 나서, 그는 두 모금도 마시지 못하고 손으로 빈 병을 탁탁하고 쳐 댈 뿐이었다.

"이건 심각한 문제일 거야. 사람들한테는 말이지. 왜냐하면 왜 두 개의 기계가 반응을 했는지 전혀 모르는 거니까. 앞으로도 어떤 기계가 어떤 식으로 반응할지 모르는, 무서운 상황이 발견된 거라고. 도시는 온통 기계들뿐이니까."

"술이 없어."

주정뱅이가 입맛을 다셨다.

"이곳에 있던 기계들이 실려 간 곳에 대해 들어본 적이 있나?"

"술을 구하러 가야겠어."

"매점 놈은 주지 않을 거야. 그놈은 일한 만큼만 술을 주고 그 이상은 절대로 베푸는 법이 없거든."

외투는 씩씩대며 매점 남자에 대해 욕을 했다.

주정뱅이는 벤치 옆 쓰레기통에 마시다 만 술병이 없다는 걸

보스턴 다이내믹스 그 후

확인하고는 벤치에서 일어났다. 개는 그런 주정뱅이를 힐끔 보더니 또다시 정면을 바라보았다.

외투도 주정뱅이를 따라 자리에서 일어났다. 외투는 주정뱅이가 무엇을 하려고 하는지 알고 있었다. 주정뱅이는 매점 근처로 가서 사람들에게 구걸을 할 터였다.

둘은 슬렁슬렁 공원 안을 걸었다. 어느 사이 공원 안의 가로등이 켜져 있었다. 해가 저문 것이다. 낮보다 사람은 줄었지만 사람들은 여전히 공원 안의 정취를 즐기고 있었다. 나무 사이로 난 길을 따라 거니는 사람들 중 누구도 두 사람에게 관심이 없었다. 벤치 근처에 앉아있던 개만 그들이 가는 곳을 멍하니 바라보고 있었다.

매점 앞에 다다랐을 때, 매점 남자는 기분 나쁘다는 듯 매점 앞에 난 작은 창문을 딱 소리나게 닫았다. 주정뱅이는 매점 남자에게 신경 쓸 여유가 없었다. 시간이 지나 사람들이 공원에서 빠져나가기 전에 부탁을 해야 했다. 그러나 매점에서 커피를 사던 두 명의 학생들은 주정뱅이를 보고는 놀라서 달아나 버렸고, 둘은 한참이나 근처를 서성거렸다.

얼마나 시간이 흘렀을까. 십 분, 혹은 이십 분쯤 뒤에 매점 앞에 두 명의 남자가 나타났다. 그들은 캔 맥주를 사고 캔 맥주에 곁들일 안주를 몇 개 샀다. 주정뱅이는 두 명의 남자 중 더 퉁퉁하고 얼굴이 네모지고 코가 들린 남자에게로 다가갔다.

"술 한 모금만 선처해 주시겠어요?"

코가 들린 남자는 주정뱅이를 보고는 피식 웃었고, 외투는 순간 기분 나쁜 감정에 사로잡혔다. 거리 생활을 하면서 거친 느낌을 종종 만나기는 했지만 오늘은 유독 나쁜 기분이 스쳐 지나갔다.

코가 들린 남자는 옆에 서있던 키가 무척 작고 싸구려 향수 냄새를 풍기는 남자에게 가자고 재촉했다.

외투가 거들지 않자, 주정뱅이도 더 이상 구걸하지 않았다.

두 명의 남자는 거만한 표정으로 그들을 보며 히죽거렸다. 향수 냄새를 풍기는 키 작은 남자가 코가 들린 남자에게 무언가를 속삭이자, 코가 들린 남자는 고개를 끄덕이고는 공원의 다른 곳으로 사라졌다.

외투는 안도를 했지만 주정뱅이는 답답한 듯 여전히 사람을 찾고 있었다.

"오늘, 공원 밖으로 나가볼까."

외투가 말했다.

"나가면 당장에 경찰들이 붙잡아서 사무소에 처넣을걸."

"하긴, 우리야 몸이 이 모양이니까 도망가더라도 금세 붙잡힐 거야. 공원 밖에 나간 게 언제인지 기억도 나질 않아."

"그래, 우리의 주인은 이 공원이야. 여길 나가려고 하면 죽어야겠지."

주정뱅이는 다시 벤치 쪽으로 걸었다. 가로등 아래를 지날 때마다 밝은 조명이 두 사람을 비춰주었다. 벤치 근처에 다다랐을 때, 외투는 무언가 잘못되었다는 것을 깨달았다.

"개가 없는 걸?"

주정뱅이가 놀라서 외투에게 말했다. 믿을 수 없었다. 수년

보스턴 다이내믹스 그 후

동안 공원에서 지내면서 그들은 개가 혼자서 움직이는 것을 거의 본 적이 없었다. 비가 오거나 눈이 오거나 아주 추울 때만, 개는 외투를 따라 공원 화장실로 들어가 잠을 잤다. 그런데 개를 만나고 처음으로, 개가 사라져버린 것이다.

"카메라가 있어."

주정뱅이가 쓰레기통을 뒤지다가 외쳤다. 개가 메고 있던 카메라가 분명했다. 주정뱅이는 들고 온 카메라를 외투에게 건넸다. 그의 손은 덜덜 떨렸다. 혹시나 개의 카메라가 부서질까 조심스러웠다.

"공원 반대쪽으로 가봐야겠어. 술이 너무 부족해서 말이야."

외투는 주정뱅이에게 대답도 하지 않고 카메라를 바라보았다. 어떻게 켜는지 몰랐다. 이리저리 카메라를 보다가 둥그런 나사를 위로 돌리는 장치를 발견하였다. 외투는 나사를 위로 들어 올렸다. 카메라는 켜지지 않았다. 카메라의 배터리가 없는 것인지, 전원을 켜는 방법이 잘못된 것인지 알 수 없었다. 그는 카메라를 보다가 멍하니 앞쪽을 바라보았다. 개가 자신의 것이라고 생각한 적은 없었지만, 둘은 늘 함께 있었기 때문에 개가 사라진 것이 낯설고 당혹스러웠다.

개는 도대체 어디로 간 것일까.

외투는 다시 한 번 이리저리 카메라를 만져보았다. 순간, 어디선가 날카로운 비명소리가 들렸다. 외투는 당연히 일어날 일이 일어났다고 생각했다. 숨이 가빠졌고, 머릿속이 아득해지는 사이 멀리서 남자 두엇이 공원 입구를 향해 달아나는 모습이 보였다. 검은 실루엣, 불길한 작용, 기계들의 만남, 불안과 감시 등의 단어가 머릿속을 스쳐 지나갔다.

벤치에서 일어나자 다리가 덜덜 떨렸다. 가지 않을 수 없었다. 확인을 해야 했다. 공원 반대쪽에서 무슨 일이 벌어졌는지, 그 일이 정말로 일어났는지를 알기 위해.

가로등 아래를 천천히 걷다가 외투는 어느새 자신이 뛰고 있다는 사실을 발견했다. 거리 생활을 하면서 누군가에게 두들겨 맞은 뒤, 무릎의 염증을 치료하지 못해서 그는 다리를 절었다. 그런데 지금 외투는 자신이 뛰고 있다는 사실을 발견하고서 깜짝 놀랐다. 그리고 마침내 그곳에 도착해서야 자신의 오랜 친구, 주정뱅이가 쓰러져 있는 것을 볼 수 있었다.

외투는 그 앞에 풀썩 주저앉았다. 숨을 쉬는지 확인하기 위해 손을 코에 대보았다. 숨을 쉬지 않았다. 멀리에서 시끄러운 고함소리가 들려오고 사람들이 몰려오는 소리가 들려왔다. 외투는 자신이 무엇을 해야 할지 몰라 안절부절하지 못했다.

손에 들고 있던 카메라도 보이지 않았다. 뛰는 도중에 어딘가에 흘린 모양이었다. 그러는 사이 매점 남자와 경찰 두어 명이 달려왔다. 공원을 산책하던 구경꾼들도 하나둘 몰려들고 있었다. 경찰이 외투를 일으켜 세웠지만 몸이 말을 듣지 않았다. 매점 남자가 욕을 몇 마디 했고, 구경꾼들이 외투에게 무어라 소리를 쳤지만 알아들을 수 없었다.

외투는 개를 떠올렸다. 개를 찾아야 한다. 그는 자리에서 벌떡 일어나 허공을 바라보며 '개'라고 중얼거렸다. 경찰이 외투

보스턴 다이내믹스 그 후

에게 말을 걸었지만 그의 귀에는 아무것도 들리지 않았다.

외투는 최선을 다해 의식을 찾아보려고 노력했지만 머릿속에서는 그 어느 것도 의식화되어 논리적으로 정돈되지 못했다. 그는 자신의 오랜 벗이 죽었다는 사실을 받아들이지 못한 채 경찰에게 끌려가고 있었다.

컹, 하고 개 짖는 소리가 들렸다. 개 짖는 소리와 함께 가로등 불빛이 팟하고 시야에 들어왔다. 양팔을 붙잡은 경찰들이 눈에 들어왔다. 개가 자신을 찾고 있다고 생각한 외투는 경찰의 손을 뿌리치고 어딘가를 향해 발을 내디뎠다. 그러자 무척 자연스럽고 우아한 포즈로 경찰 중 하나가 방망이를 휘둘렀다. 둔탁한 느낌이 머리로 전해졌고, 외투는 천천히 바닥으로 쓰러졌다. 바닥으로 쓰러질 때 운 나쁘게 머리가 땅에 부딪혔다. 외투의 머리에는 이중의 충격이 가해졌다.

외투는 의식이 완전히 사라지기 직전에 컹, 하는 개 짖는 소리가 가까이 다가오는 것을 느낄 수 있었다. 어쩌면 개가 자신을 구해줄지도 모른다고 생각하면서.

눈꺼풀은 점점 더 무거워졌다. 그는 눈을 감았다. 의식은, 아니 몸은 땅 아래 깊숙한 곳으로 빨려 들어가는 것 같았다. 그 느낌이 싫어서 몸을 움직여보려 했지만 움직일 수가 없었다.

그는 생각했다. 카메라 속 사진은 무엇이었을까. 개는 공원에서 일어나는 사건들을 감시하던 기계가 아니었을까. 몇 달 전에 보안업체에서 만든 감시기계에 대해 들은 적이 있었다. 상황을 보존하는 것 외에는 기능이 없다던 기계.

그는 킁하고 웃어버렸다. 기계를 데리고 그는 얼마나 많은 정을 나눴던가. 그렇다고 그동안의 정을 무시할 생각은 없었다. 주정뱅이와 마찬가지로, 개는 오랫동안 자신과 함께 시간을 보내온 친구가 아니었나. 그러나 이제 그들 중 하나는 죽었고 자신은 몸을 가눌 수가 없고, 그들 사이를 증명해주던 그 검은색 개마저 없다고 생각하니 무척 쓸쓸했다.

둥실, 하고 몸이 떠올랐다. 누군가 그의 몸을 들어 올린 것이다. 순간 주정뱅이 역시도 누군가가 가져다 버린 기계일지도 모른다는 데 생각이 미쳤다. 무슨 기계일까. 남자의 생각은 거기까지였다.

공원에 버려진 마지막 기계들을 수거해가자, 구경꾼들은 소식을 전했다. 쓸데없는 발명품들이 이제 완전히 도시 밖으로 추방되었다고. 그러나 사람들의 불안은 더욱 극에 달해 있었다. 사람으로 변장한 채 자신들의 소임을 다하고 있었다는 사실은 사람들로 하여금 공포를 심어주기에 충분했던 것이다. 사람들이 다 죽고 난 도시에 저들이 남아서 무언가를 영위해 나간다는 사실은 끔찍한 일이 아닌가.

온라인에서는 그에 대한 찬반 토론이 오고 갔고, 문제를 해결할 사람을 투표로 선정하기로 결의했다. 그 일 이후 공원은 정부의 새로운 택지 개발지로 채택되어 폐쇄되었다. 갖다 버린 기계들 때문에 공원이 무법천지가 되었다는 소문이 파다했다. 인근 지역 사람들은 공원이 정부의 새 청사로 개발되기를 원했지만

보스턴 다이내믹스 그 후

다른 급한 문제들로 계속해서 미뤄졌다. 공원에 주기적으로 버려지는 기계들이 사실은 사람이라는 소수 의견도 있었으나 묵살되었다.

공원에서는 매일 이상한 작용들이 들끓었다. 시민들이 두려워한다는 이유로 정부는 그 안에 또 다른 기계, 예를 들어 검은색 개나 그 외의 상상 가능한 감시자들을 투입시켰다. 기계들은 늘 자신들의 소임을 다해 토론하고 감정을 소모하고 끊임없이 시간을 썼다. 그들은 정말로 자신들에게 주어진 소임을 다하기만 하였다. 보통의 사람들이 생각하는 인간이라곤 없었다.

고스트

꿈도 없는 잠에서 깨어난다. 여느 날보다 기분이 상쾌하다. 주방으로 가 물을 마시려는데 오른팔이 사라져 있다. 나는 왼손으로 테이블에 컵을 놓고 왼손으로 물을 따른다.

왼손으로 물을 마시며 생각한다. 어젯밤까지 존재했던 내 오른팔에 대하여. 어찌 된 영문인지 알 수가 없다. 물을 마시고 침대 밑과 장롱, 책상 아래를 살펴본다. 오른팔은 보이지 않는다. 신발장과 목욕탕의 빨래 더미를 뒤져보지만 오른팔은 없다. 시곗바늘은 여덟 시를 가리키고 있다. 왼손으로 고양이 세수를 하고, 왼손으로 옷을 꿰어 입고 집을 나선다.

지하철역 쪽을 향해 걸으면서 오른팔이 떨어졌을 만한 곳을 살핀다. 신문, 잡지가 놓여 있는 가판대나, 쓰레기통, 가로수 아래 낙엽 속이나 버스 정류장의 벤치 밑에는 없다.

밤사이 청소부가 치워버렸거나 고양이나 까마귀가 물어간 것인지도 모른다. 청소부가 가져갔다면 난지도에서 벌써부터 썩은 내를 풍기고 있을 것이다. 짐승들이 가져갔다면 그런대로 나쁘지는 않을 것이다. 짐승들은 내 오른팔을 베개 삼아 낮잠을 자거나, 배고픈 새끼들에게 나누어 주었을 것이다. 그렇게 짐승들과 오래도록 뒹굴고 뜯긴 채로 내 오른팔이 다시 내게 돌아오더라도 받아줄 의향이 있다.

다시 돌아오지 않는다고 해서 내 오른팔을 원망할 마음은 추호도 없다. 다만 나는 이제부터 오른팔 없이 내가 영위해 나가야 할 새로운 삶을 고민해야만 한다. 나는 불필요한 미래를 걱정해야 하는 게 싫다.

비틀비틀 걸으며 지하철역으로 간다. 지하철역의 계단을 내려갈 때는 왼쪽 난간을 붙잡고 천천히 발을 뗀다. 평소에는 아무렇지도 않았던 계단의 심도가 갑자기 깊어 보이는 까닭이다.

가방을 들고 있거나, 책을 들고 있는 사람의 팔을 바라보는 나의 시선에는 질투와 부러움이 섞여 있다. 질투나 부러움의 감정은 불순물과 같아서 하루아침에 견고한 정신을 무너뜨릴 수도 있다는 사실을 알고 있다. 나는 사람들에게서 시선을 거두고 지하철 창밖을 바라본다. 현기증이 인다. 지하철이 덜컹일 때마다 뇌수도 함께 덜컹거린다.

지각이다. 나는 엘리베이터를 타고 13이라는 숫자를 누른다. 엘리베이터가 멈추고 문이 열리자, 정중앙에 팀장의 책상이 놓여 있다. 나는 똑바로 걸어가 그의 책상에 구십 도로 인사를 한다.

"김장갑 씨, 지각 사유에 대해 말씀해 주세요."

나는 오늘 아침 사라진 오른팔에 대하여 이야기한다. 그는 말한다. 오른팔 없이는 일을 할 수 없다고.

"퇴직을 권고합니다."

나는 대답한다. 이제까지 내가 진행해온 업무에 대해서. 하

고스트

루 열 시간 이상을 일해온 사실과 하루 수십 개의 서류를 복사하고 기획안을 작성하고 수십 통의 전화를 받은 사실과 수십 통 이상의 이메일을 보낸 사실에 대해.

그는 말한다.

"오른팔이 없으니 이제 그 모든 일을 하실 수 없게 되셨어요. 저희가 김장갑 씨에게 드린 급여의 약 오십 퍼센트는 김장갑 씨의 오른팔에 대한 기여도에 입각한 것이었습니다. 오른팔이 주업무를 진행했고 왼팔과 두 다리는 그에 적합한 일을 보조했겠지요. 장갑 씨의 두뇌 역시 영 쓸데없다고 볼 수는 없지만, 역시 팔다리 없는 두뇌란 쓸모가 없는 것이니까요. 오른팔을 분실하신 이후에 업무를 보실 경우 상당한 차질을 빚게 될 것입니다. 그럴 경우 그 파급은 다른 부서에까지 영향을 미치게 될 것이고 결국에는 회사 전체에 크나큰 손실로 이어질 수 있는 게 너무 명백하니까요. 납득이 되시지요?"

틀린 말이 없다. 나는 짐을 싸기 위해 12층으로 내려간다. 짐이랄 것이 없다. 컴퓨터도, 방석도, 볼펜도, 심지어 컵도 모두 회사에서 지급된 것이다. 챙겨나갈 것이라곤 몸뿐이다. 다만 처음 입사할 때는 오른팔이 있었지만 이제는 오른팔이 사라졌으니 하나를 덜 가지고 나간다.

나는 왼쪽 손바닥을 허벅지에 탈탈 털어내고는 사무실 밖으로 나온다. 그러고 나니 이제까지 해고되었던 사람들의 얼굴이 기억 속에 되살아난다. 그들 역시 나처럼 어딘가 하나씩 잃어버린 사람들이다. 어떤 사람은 한쪽 눈을, 어떤 사람은 한쪽 손가락을, 어떤 사람은 그보다 훨씬 중요한 무언가를 잃었을 것이다. 함께 밥을 먹고 차를 마시고 업무를 진행했던 그 사람들의 이름이 지금은 떠오르지 않는다.

거리에는 가을 냄새가 물씬 풍긴다. 은행나무는 노란 나뭇잎을 바닥에 떨구고 있다. 나는 화장품 가게가 들어선 빌딩을 지나, 김밥을 파는 음식점의 빌딩과 백 평이 넘는 햄버거 가게의 실내를 통과해 그 건물 옆 골목을 지나, 길을 건너서 다시 옷가게와 미술학원이 입주한 빌딩과 골목길과 비슷비슷한 가게와 가게 사이사이에 존재하는 커피숍을 지나, 계속해서 걷고 또 걷는다.

이따금 지나는 사람이 내 오른팔을 힐끔거린다. 그럴 때만 나는 내 존재를 의식한다. 그들의 시선이 아니면 나는 내 오른팔에 대해 의식하지 않을 수도 있을 텐데 하고 생각한다.

재활용 가게 앞에 멈추어 서서 생각한다. 오른팔은 애초부터 없었던 것이 아닐까. 허나 그렇게 생각하면 내가 기억하는 나의 모든 과거 자체가 부정되어 버리고, 그러면 나는 지금의 내가 아닌 다른 내가 되어있어야 한다. 그러니 존재하지 않는 내 오른팔이야말로 지금 내 현존에 대한 완벽한 증거가 되는 셈이다.

나는 오른팔에 매달리길 그만두고 무언가 다른 현실을 구상해야겠다고 생각한다. 떡볶이 가게 앞을 지나 인도네시아 식당을 지나 터번을 두른 터키 사람이 서있는 케밥 집을 지나면서 왼손만으로 일할 수 있는 회사에 입사해야겠다고 결심한다.

나는 택시를 잡는다.

"'왼손만으로 일할 수 있는 회사'로 가주세요."

고스트

기사는 거칠게 액셀을 밟는다. 그는 라디오 뉴스를 들으며 끊임없이 욕을 퍼붓고 있다. 뉴스에서는 〈동물보호 및 동물차별 금지에 관한 법률〉 건으로 여야가 국회에서 줄다리기를 하고 있다는 내용이 보도되고 있다. 택시기사는 끊임없이 '개새끼들, 개자식들'하면서 욕을 하고 있다. 단지 욕을 하기 위해 뉴스를 듣는 것 같기도 하다. 나는 그 소리가 듣기 싫어 눈을 감는다. 피곤했는지 곧장 깊은 잠에 빠져든다. 꿈을 꾼다. 꿈속에서 나는 성처럼 거대한 건물 앞에서 직립보행을 하지 않는 낯선 짐승 하나가 우두커니 서있는 것을 본다. 짐승은 이윽고 고막이 터질 만큼 커다란 비명소리를 낸다. 그 비명소리에 놀라 꿈에서 깨어난다.

라디오의 볼륨 소리가 지나치게 크다. 여야의 줄다리기는 계속되고 있고, 여야 국회의원들의 목소리인지 애완동물들의 소리인지 도통 분간할 수 없는 소리가 주파수를 통해 계속해서 이어지고 있다. 귀를 막고 있는 동안 택시는 어느덧 '왼손으로도 일할 수 있는 회사' 앞에 도착해 있다.

나는 왼손으로 지갑을 꺼내 허벅지 위에 올려놓고, 지갑을 펼쳐서 돈을 꺼내 기사에게 건넨다. 택시기사는 광고 중인 라디오에서 급히 채널을 돌려 아나운서의 목소리가 나오는 곳에 채널을 맞추고는 또다시 욕을 퍼붓기 시작한다. 나는 택시에서 내리자마자 재빨리 택시 문을 닫는다. 택시 밖으로 쏟아져 나오던 욕이 택시 안으로 구겨 넣어진다.

나는 한숨을 길게 내쉬고 고개를 들어 하늘을 올려다본다. 높다란 건물에 의해 시야는 꽉 막혀있다. 이백여 개의 계단 위에 비현실적인 건물 하나가 우뚝 서있다. 비현실적인 건물에 올라가기 위해서는 이백여 개의 계단을 올라가야 한다. 이백여 개의 계단은 심한 경사가 져 있다.

나는 계단을 오르기 시작한다. 불과 열 계단밖에 오르지 않았는데 숨이 가쁘다. 중간에서부터는 한 계단 오르고 쉬고 한 계단 오르고 쉬기를 반복하여 겨우 계단 끄트머리에 이른다. 마침내 로코코풍과 바로크풍 양식을 교배한 듯한 건물이 눈 앞에 펼쳐진다.

로코코풍의 우아하고 비대칭적인 창문에 비해 정문은 바로크풍으로 웅장하고 기이하고 힘차다. 그러나 내가 정문으로 생각했던 것은 벽의 장식일 뿐, 누구도 그곳을 통과할 수가 없다. 대신 창문이라고 생각했던 곳 아래에 겨우 사람 하나가 기어들어 갈 수 있는 구멍 하나가 보인다. 나는 숨을 가다듬고는 그토록 멋지고 고전적인 온갖 문 아래 겨우 벌려진 구멍으로 간신히 기어들어 간다.

건물 안에는 작은 유리 벽이 있다. 그 유리 벽 안에는 공무원이 앉아있다. 투명한 유리 벽 안에 앉아있기는 했지만, 커다란 챙이 달린 모자를 쓰고 있어서 얼굴은 보이지 않는다. 나는 그에게 어떻게 말을 걸 수 있을까 한참을 고심하다가 겨우 유리 벽 아래 조그만 입구를 발견한다. 이곳에 존재하는 모든 입구는 바늘구멍만큼이나 찾기 힘들다.

"구직을 희망합니다."

나는 유리 구멍 아래로 작게 내 목소리를 밀어 넣는다. 그는 유리 구멍으로 종이 한 장을 내민다.

"'왼손만으로 일할 수 있는 회사'에 입사하기 위해서는 구직 희망서를 작성해야 합니다. 윗분들께서 그걸 읽고 당신이 적합한지 아닌지를 판단할 거요."

나는 익숙지 않은 왼손으로 구직 희망서를 작성하고는 유리 벽 안으로 밀어 넣는다.

"다시 쓰시오. 다시! 이런 엉망진창인 구직 희망서를 대체 누가 읽어요!"

공무원은 다시 새로운 종이 한 장을 내민다. 나는 처음보다 훨씬 더 정성스럽게 구직 희망서를 적어 내려간다. 희망서의 질문에 나는 최대한 정성스럽게 대답한다.

'왼손만으로도 세상을 위해 일할 수 있습니까?' '네' 왼손만으로도 세상을 위해 자신 있게 일할 수 있습니까?' '네' 왼손만으로 세상을 위해 일할 수 있다고 진심으로 생각하십니까?' 나는 그 질문에 잠시 망설이다가 이내 '네'라고 적어 넣는다. 나는 완성된 구직 희망서를 유리 벽 안에 밀어 넣는다. 얼굴이 보이지 않는 공무원은 아까보다 더 신경질적으로 소리친다.

"다시요, 다시!"

나는 새로운 종이에 똑같은 내용을 다시 적어가기 시작한다. 오랫동안 오른팔에 의지해오던 습관 때문인지 왼팔에 경련이 인다. 불행히도 왼팔을 주물러줄 수 있는 오른팔도 지금은 없다. 나는 한 글자 적고 쉬고, 한 글자를 적고 쉬기를 반복하며 구직 희망서를 전부 채워나간다.

"그렇게 써서는 구직 희망서 할아버지가 와도 윗분들에게 전달되지 않을 거요. 대필소를 찾아가 부탁해 보시오."

공무원은 그렇게 말하고는 유리 벽 안쪽에 〈점심시간〉이라는 팻말을 내걸고는 검은색 커튼을 친다. 회사의 로비는 순식간에 어두워진다. 따뜻했던 공간이 순식간에 차가워진다.

나는 다시 아까 내가 들어왔던 입구를 찾아보려 애쓴다. 내가 기어들어 왔던 구멍 대신 동그란 회전문이 혼자서 빙글빙글 돌아가고 있다. 나는 빨려 들어가듯 회전문 안으로 들어간다. 회전문은 이내 이백 개의 깊은 경사가 진 계단 바로 앞에 나를 뱉어 놓는다. 달팽이관 모발 세포의 변화와 햇빛과 홍채 사이의 적응지연으로 인한 현기증 때문에 나는 잠시 그 자리에 눈을 감은 채 서있다.

나는 한 손으로 난간에 매달리다시피 하며 이백 개의 계단을 내려온다. 계단에서 내려오자 계단 양옆으로 수십 개의 대필소 간판이 보인다. 간판들은 허공에 대롱대롱 매달려 있다. 바람이 불 때마다 간판끼리 부딪치고 찌그럭대며 시끄럽게 구는 통에 그 아래를 지나가는 사람들은 죄다 귀를 막고 있다.

나는 한참 싸움 중인 간판들 속에서 혼자서 뒤로 밀려난 채 무언가 포기한 듯 보이는 간판 하나를 발견한다. 대필소의 이름은 없다. 간판에는 그저 '대필소'라는 세 글자가 신경질적으로 씌어 있다. 다른 간판처럼 '백 프로 구직 보장'이라거나, '구직이 될 때까지 무료 서비스' 따위의 허망한 말 따위가 없는 게 마음에 든다.

'대필소'가 있는 건물은 새하얀 페인트칠이 되어있다. 총 3층으로 되어있는데, 1층에는 장갑과 손수건, 꽃다발과 음료수를 파는 작은 구멍가게가 세 들어있다. 구멍가게 안에는 늙은 남자가 카운터 앞에서 졸고 있다. 사람들이 가게 앞을 지날 때마다 늙은 남자는 깜짝 놀라 번쩍 눈을 떴다가 이내 다시 잠이 들곤 한다. 2층은 비어있고 3층이 바로 '대필소'이다.

나는 대필소의 문을 어깨로 밀고 들어간다. 거기에는 책상 하나, 기다란 갈색의 낡은 소파 하나, 테이블 하나, 의자가 하나 놓여 있다. 책상 위에는 각종 만년필과 다양한 재질의 종이가 놓여 있다. 그 앞에는 만년필과 종이 재질에 따라 대필료가 달라진다는 안내 문구가 적혀있다. 대필가는 의자와 테이블 위의 먼지를 닦아내다가 나를 보더니 턱으로 의자를 가리킨다. 앉으라는 신호인 모양이다.

"구직을 희망하십니까?"

나는 고개를 끄덕인다. 대필가는 수십 개의 만년필 세트를 테이블 위에 펼쳐놓으며 묻는다.

"오른쪽 팔이 없어도 일할 수 있는 회사에 구직을 희망하십니까? 왼쪽 귀가 없어도 일할 수 있는 회사에 구직을 희망하십니까?"

대필가의 말에 나는 무의식적으로 왼쪽 귀를 더듬어본다. 왼쪽 귀가 사라져 있다. 나는 조금 당황스럽다. '왼손만으로 일할 수 있는 회사'에 구직하려던 찰나에 왼쪽 귀까지 사라져 버렸으니 구직 희망서를 쓰는 일이 조금 까다로워진 것이다.

"성함이?"

"김귀바퀴입니다."

나는 이름을 말하고, 그가 펼쳐놓은 만년필과 종이 샘플북에서 적당한 것을 손으로 가리킨다. 그는 내가 선택한 게 마음에 안 들었는지 인상을 잔뜩 찌푸린다.

"구직 희망서에 걸맞은 포부를 제게 말씀해 주셔야 합니다. 그리고 그 포부만큼의 열정과 자신감이 실제로 있어야만 이 희망서는 윗분들에게 가닿을 수 있을 겁니다. 자, 이제 말씀하시지요."

대필가는 신경질적으로 안경을 한 번 밀어 올리고는 나를 바라본다. 무언가 마음에 안 드는 것 같은데 그게 무엇인지 알 길이 없다. 나는 시키는 대로 구직 희망서에 적을 포부를 말하기 시작한다.

"에, 그러니까 저는 오늘 아침 제 오른팔이 사라진 걸 발견했습니다. 그리고 오늘 직장을 잃었지만 오른팔을 찾는 데 게을리하지 않을 것이며, 또한 왼손만으로도 충분히 이 세상을 위해 일할 수 있다고 믿는 회사에 취업을 하는 것을 원하는 바입니다. 물론 제 왼쪽 귀가 갑자기 사라져 버린 사실이 제 마음을 조금은 힘들게 하는 것도 사실입니다만."

"스톱! 스톱!"

만년필로 빠르게 대필을 하던 대필가가 갑자기 만년필을 테이블 위에 딱 하고 내려놓는다.

"그런 감정 상태로 구직을 하는 건 불가능합니다. 지금 김귀바

고스트

퀴 씨의 자신감은 제로에요 제로. 마음을 다스리지 않으면 사라진 것들이 되돌아오지 않는다는 걸 잘 알고 계시지 않습니까?"

대필가의 얼굴에는 짜증이 배어있다.

"길 건너 병원에 가서 치료를 좀 받고 오세요. 그래야만 이 구직 희망서를 제대로 쓸 수 있을 겁니다. 자, 어서요."

그는 앉아있던 나를 일으켜 세워 유리창 너머로 보이는 병원을 손가락으로 가리킨다.

"모든 구직 희망서에서 가장 중요한 지점이 바로 이 '희망'입니다. '희망'! 김귀바퀴씨에게 가장 필요한 건 '희망'을 배우는 거예요."

나는 등을 떠밀려 사무실 밖으로 쑥하고 빠져나온다. 딱히 병원에 갈 생각은 없었지만 제대로 된 구직 희망서를 쓰기 위해서는 어쩔 수 없다고 생각한다.

나는 계단을 내려와 횡단보도 앞에 선다. 신호등은 남색, 보라색, 주황색이다. 태양이 고르게 비추고 있지만 지구가 자전하는 통에 신호등의 색깔은 빨간색과 노란색, 초록색 등으로 수시로 바뀐다. 그 바람에 도로의 운전자들도, 길을 건너려는 보행자들도 고장 난 기계처럼 가다 서다를 반복한다. 그러나 또 그런 채로 잘들 길을 건너고 잘들 운전하고 있다.

그 와중에 한 대의 차가 길을 건너는 내 앞에 턱하고 멈추어 선다. 나는 비명을 지른다. 내 목구멍에서 둔탁하고 큰 소리가 목울대를 울리며 길게 뻗어나간다. 얼핏 들으면 꼭 짐승이 내는 소리 같다. 난생 처음 듣는 낯선 소리라 나 역시도 조금 놀란다.

어느덧 병원 앞에 당도해 있다. 접수를 마치고 자리에 앉자 간호사가 내 이름을 부른다.

"김허벅 씨, 원장실 안으로 들어가시면 됩니다."

나는 길게 심호흡을 하고는 병원 복도의 첫 번째 방으로 들어간다.

"증상은 언제부터 나타났습니까?"

의사는 나의 오른팔이나 왼쪽 귀 대신 왼쪽 다리를 바라보고 있다.

바지를 걷어 올리자 다리가 있어야 할 곳이 훤하게 비어있다. 나는 당황스러워서 아무런 말도 못 하고 있다. 한숨을 내쉬고 고개를 갸우뚱하고 얼굴을 왼손으로 감싸고 마른세수를 한다. 고민스러워 하는 내 태도에 의사가 민감하게 반응한다.

"환자분, 이런 걸로 죽는 사람 보셨습니까?"

나는 고개를 젓는다.

"적도를 넘어가면 허벅다리 두 쪽을 모두 잃은 사람도 허다 해요. 그러고도 밝고 긍정적인 마음으로 잘만 사는 사람이 얼마나 많은 줄 아십니까? 자신이 상실했다고 여기는 것을 잘 보내주는 것도 하나의 방법입니다. 원한 따위도 버려야 하고요. 그렇지 않으면 그것들 때문에 슬픔에서 벗어나지 못하게 될 거고, 계속해서 무언가를 상실하게 될 겁니다. 자, 어쩌시겠어요. 그것들을 놓아주시겠어요?"

의사는 열 개의 손가락과 두 개의 눈, 하나의 머리와 두 개의 다리 두 개의 귀와 두 개의 팔이라는 부족함 없는 신체를 가지고 나에게 묻는다. 그의 신체처럼 방 안의 물건들도 비어있는 것이라곤 없다. 형광등의 불빛도, 책장의 책도, 펜꽂이의 펜도. 모든 것에서 나는 충만함을 느낀다. 그는 상실한 것을 놓아주는 방법까지 알고 있다. 그에게 결여는, 결여가 없다는 사실 하나뿐이다.

"저는 그저, 어째서 제 오른팔과 왼쪽 귀와 왼쪽 다리가 사라져 버렸을까 하고 궁금한 것뿐입니다. 이를테면 지금 제 질문은, 나는 왜 태어났을까 혹은 인간은 왜 꼭 죽어야만 할까와 비슷한 대답일지도 몰라요. 혹은 왜 의사 선생님은 의사 선생님이고 저는 왜 저인 걸까요?"

의사는 청진기를 책상 위에 소리 나게 툭하고 집어던진다.

"김허벅 씨, 지금 당장 로비로 나가보세요. 그곳에 가보면 당신보다 열악한 신체를 가지고도 훨씬 더 긍정적인 마음을 품고 있는 사람들이 있습니다. 처방전을 써뒀으니 로비에 가셔서 받아가세요. 자, 이 에스컬레이터가 당신을 그리로 데려다줄 겁니다."

의사는 내 손에 목발 하나를 쥐어준다. 그러고는 내가 들어온 문의 반대쪽 벽을 손으로 툭하고 건드린다. 그러자 벽이라고 생각했던 곳의 문이 옆으로 열리더니 거대한 에스컬레이터가 삐거덕거리며 움직이기 시작한다. 나는 에스컬레이터 쪽으로 다가간다. 의사가 나의 등을 밀치며 소리친다.

"다음 환자!"

등 뒤로 텅하고 문 닫히는 소리가 들린다. 나는 천천히 움직이는 에스컬레이터에 몸을 싣고 지하로 내려간다. 반대쪽 에스컬레이터에서는 목에 깁스를 한 환자, 머리가 사라진 환자, 팔과 다리의 위치가 뒤바뀌어 엉거주춤 서있는 환자가 타고 있다.

에스컬레이터는 중간까지 천천히 올라오다가 환자들이 뒤쪽을 향해 돌아서면 다시 아래로 내려간다. 환자들은 끊임없이 뒤를 향해 돌아서기를 반복했고 그럴 때마다 에스컬레이터의 방향은 앞뒤로 수시로 바뀌고 있다. 불량품인 환자들은 자신들이 탄 에스컬레이터마저 불량품으로 만들고 있다. 불량품이 타고 있는 컨베이어벨트도 고장이 났으니 피장파장이다.

고장 난 컨베이어벨트를 탄 나의 희망이 지하 로비에 도착한다.

로비에는 다리나, 팔, 눈, 귀가 사라진 사람들이 서성이고 있다.

"이런 아주 횡하군. 젊은 사람이 벌써 이래서 어째. 언제부터 증상이 시작된 거요?"

하복부가 없는 중년의 남자가 나의 가슴 쪽을 가리키며 묻는다. 나는 남자가 가리킨 내 가슴을 바라본다. 왼쪽 가슴이 텅 비어있다. 나는 거의 자포자기한 심정으로 대답한다.

"오늘 아침부터요, 아니 어젯밤부터였는지도 모르죠."

"급성이로군. 나야 이렇게 된 지 벌써 5년이 되었거든. 처음에는 으슬으슬 몸이 추워져서 감기인 줄 알았지 뭐야. 그런데 이렇게 배 아래쪽에 바람이 불어와서 그런 줄은 꿈에도 몰랐어. 의사 선생님 말로는 아주 천천히 진행될 거라니까 희망을 잃지 않아야지 뭐. 사실 한 이 년 전쯤엔 잃어버린 복부를 찾았던 적도 있다우. 글쎄 아침에 자고 일어났더니 아무 일도 없었다는 듯이 배 아래에 꽉 딱 달라붙어 있더라니까. 그런데 뭐 얼마 안 있어 결국 이렇게 되어 버렸지만."

그는 아쉽다는 듯 자신의 배를 내려다본다.

순간 시끄러운 소리가 갑자기 들려온다. 소리는 한사람 목소리이었다가 이내 네댓 사람이 동시에 떠드는 소리로 바뀌어 있다.

"시끄럽군요. 떠드는 사람은 없는데 대체 어디서 들리는 거죠?"

나는 왼쪽 손으로 오른쪽 귀를 틀어막으며 묻는다. 남자는 휑한 배를 자꾸만 내려다보며 대답한다.

"자기 몸을 완전히 잃어버린 사람들이 할 수 있는 거라곤 저렇게 시끄럽게 떠들어 대는 것뿐이잖아."

그때 접수대의 간호사가 나의 이름을 부른다.

"김심장 씨, 치료비를 지불하셔야 처방전을 받으실 수 있습니다."

나는 접수대로 걸어가기 위해 목발을 짚는다. 불편한 목발에 나는 금세 적응한다. 절뚝절뚝 걸어서 접수대의 간호사에게 돈을 내민다. 그쪽에서도 잔돈 몇 개와 함께 처방전을 건네준다. 나는 처방전과 잔돈을 주머니에 구겨 넣는다.

목발을 짚고 나는 시끄러운 로비에서 벗어난다. 뒤에서는 신체를 분실한 사람들의 웅성거림이 이어졌다 끊겼다를 반복한다.

나는 그 소리의 존재들을 확인하기 위해 뒤를 돌아본다. 내게 보이는 것은 나와 이야기를 나누던 남자의 다리 하나가 천천히 사라지는 광경이다. 남자는 양쪽 팔다리가 사라진 사람과의 대화에 열중하느라 자기 다리가 사라져가는 걸 눈치 채지 못한다.

나는 처방전을 왼손에 들고는 말없이 병원을 빠져나온다. 그러고는 길을 건너 대필소로 향한다. 구직 희망서를 제출한다고 해서 이렇게 된 나를 받아줄까 하는 불안한 마음이 슬그머니 생겨난다.

대필소 앞에는 〈점심시간〉 팻말이 붙어있다. 시계를 보니 시간은 이미 점심시간을 훌쩍 지나있다. 나는 목발로 대필소의 문을 슬그머니 밀어본다. 열리지 않는다. 나는 건물 1층으로 내려간다. 아까까지만 해도 구멍가게였던 1층은 순식간에 편의점으로 바뀌어 있다. 가게 안의 물건은 훨씬 많아졌다. 사람들은 카운터에서 줄지어 물건 값을 계산하고 있다. 나는 편의점 안으로 들어가 커피음료를 하나 고른다. 주머니에서 동전을 꺼내 편의점의 아르바이트생에게 건넨다. 그가 나를 향해 말한다. "천 원이요."

나는 편의점 앞 파라솔에 앉아 왼손으로 음료 뚜껑을 열어보려 애를 쓴다. 열리지 않는다. 나는 다시 가게 안으로 들어가 아르바이트생에게 뚜껑을 열어달라고 부탁한다. 줄지어 물건 값을 계산하는 사람들이 짜증을 부린다.

아르바이트생이 열어준 음료를 왼팔로 받아들고 나는 다시 파라솔에 가 앉는다. 그러고 보니 하루 종일 아무것도 먹지 않은 것이 기억난다. 나는 곧 왜 배가 고프지 않은지 알게 된다. 위장까지 사라져 버린 것이다. 호기심에 나는 커피를 벌컥벌컥 들이켠다. 커피가 몸 밖으로 왈칵왈칵 쏟아진다. 흘러나온 커피 주위로 검정고양이 흰 고양이가 한 마리씩 모여들어 커피를 홀짝거린다. 나는 그 모습이 신기해서 큭큭 웃는다. 위장이 없으니 배 안에서 졸졸거리는 물소리도 나지 않고, 속쓰림도 배고픔도 없는 모양이다. 몸의 아우성들과 무관해지니 참 적막하구나, 하고 나는 생각한다.

"손님, 혹시 성함이 김궤양이신가요? 처방전을 떨어뜨리셨어요."

편의점의 아르바이트생이 뛰쳐나와 종이 한 장을 건넨다. 고맙다는 말을 하려는데 편의점 안의 손님들이 아르바이트생을 향해 소리친다. "계산해! 계산!" 그는 얼른 안으로 들어가 고독하게 바코드를 찍는다.

나는 이제 거의 다 사라져 버려서, 앙상하고 추운 몸을 의자에서 일으킨다. 그러고는 길 건너 병원 옆에 붙어있는 약국을 향해 길을 또 건넌다. 신호등은 강렬한 태양 빛에 거의 다 녹아내려 제 기능을 못 하고 있다. 태양 빛에 녹아내린 신호등을 아이들이 핥아먹고 있다. 자동차들이 주춤거릴 때마다 나는 목발과 함께 비틀거린다. 자동차들이 끽끽거리며 멈출 때마다 아이들은 까르르 소리를 내며 웃는다.

약국 안에는 나처럼 신체를 분실한 사람이 두엇 있다. 사실 그들은 딱히 존재한다고 말할 수도 없다. 다만 '처방전이요.', '얼마입니까?' 하고 말을 할 때마다 그 존재를 확인할 수 있을 뿐이다. 머리카락과 눈썹 같은 신체의 털이 하나도 없는 노인 하나가 의자에 앉아 흠흠하고 규칙적으로 소리를 내고 있다. 나는 그 노인 옆에 앉아 슬그머니 노인의 소리를 따라 한다. 흠흠

하고 소리가 날 때마다 사람들이 나를 본다.

"손님? 처방전 주셔야죠."

약사가 나를 바라보고 있다가 처방전을 낚아채고는 조제실 안으로 들어가 버린다. 나는 자리에 앉아 얌전히 순서를 기다린다. 이제 더 무엇을 잃을 수 있을까 생각한다. 오른팔과 왼쪽 귀, 한쪽 다리, 심장과 위장 그 다음은…….

"김소리 씨?"

조제실에서 나온 약사가 나의 이름을 부른다. 나는 약봉지를 받아들며 묻는다.

"선생님, 저에겐 위장이 없습니다. 먹는 약은 효과가 없을 거예요. 그러니까 먹는 약 말고 바르는 약이라든가, 아니면 파스 같은 걸 살 수 있을까요?"

약사는 내가 하는 말이 들리지 않는지 내 뒤에 있는 환자의 손에 들린 처방전을 낚아채 조제실 안으로 들어가 버린다. 나는 약봉지를 들고는 약사가 조제실에서 나오길 기다린다. 약사는 아까처럼 조제실에서 약봉지를 들고 나와 환자의 이름을 부르고 복용법을 알려준다. 나는 약사가 말을 끝내기가 무섭게 입을 연다.

"저 선생님, 제가 위장이 없어졌다고요. 네? 이거 보이세요?"

목소리를 높여 부르지만 약사는 대답이 없다. 약사는 손님이 빠져나간 고요한 약국을 시끄러운 댄스음악으로 가득 채운다. 댄스음악이 흘러나오자 선반 위의 약병도, 얇디얇은 파스도, 노란색 밴드도, 이름 모를 노랗고 하얗고 붉은 알약들도 덜커덕덜

고스트

커덕 춤을 춘다. 나는 하는 수 없이 약국을 나온다.

날은 이제 어두워지고 있다. 나는 '왼손으로는 도저히 일할 수 없는 회사'의 계단 앞에 선다. 하나뿐인 다리와 하나뿐인 팔, 하나뿐인 귀와 사라져가는 상체로 회사의 계단을 오르기로 결심한다.

계단의 경사가 심하기 때문에 목발은 위험할 것이다. 목발을 버리고 자세를 낮춘다. 하나뿐인 다리와 하나뿐인 팔로 계단을 번갈아 짚어본다. 느낌이 좋다. 손으로 계단을 짚어야 하니 약봉지는 입에 문다. 몇 계단 오르지 않아 나는 그 이상한 오르기 방법에 익숙해진다.

회사의 입구는 막혀있다. 이전에 있었던 입구와 출구는 온데간데없다. 나는 온몸으로 회사의 벽을 찧어댄다. 안에서는 아무런 소리도 들리지 않는다. 나는 그 침묵을 향해 더욱 강하게 몸을 부딪친다. 그러자 과연, 없던 문이 벽 한가운데 불쑥 솟아나는 것이다.

"오늘은 업무가 다 끝났으니 내일 오십시오."

문을 열고 나온 남자가 대답한다. 나는 고개를 힘껏 내젓는다.

"오늘은 끝났으니 내일 오면 될 것 아닙니까?"

남자의 얼굴이 어디서 많이 본 듯하다. 편의점에서 본 것인지 회사에서 본 것인지, 혹은 오늘 아침 우리 집 화장실 거울에서 본 것인지 잘 기억나지 않는다.

남자는 막 회사의 문을 다시 닫는다. 나는 막무가내로 닫히는 문 사이를 비집고 들어간다. 그러자 남자는 내 목덜미를 잡아챈다. 그 순간 내 목덜미는 사라진다. 남자가 다시 내 나머지 발 한쪽을 잡아채자 나머지 발도 사라진다. 직원이 나의 남아 있는 얼굴을 잡자 그마저도 사라져 버린다. 직원은, 몸 대부분이 사라져서 존재한다고 할 수도 없고, 그렇다고 존재하지 않는다고도 할 수 없는 나를 향해 말한다.

"그렇다면 내가 당신 대신 구직 희망서를 올려드리지요. 이름을 말해보시오."

나는 희미하게 우르릉거리며 고맙다고 소리친다. 그것은 내가 공기를 이용해 겨우 낼 수 있는 소리다. 나는 회사의 두꺼운 콘크리트와 계단 아래 만들어진 인공 화단의 나뭇잎들과 그 잎들 사이를 지나는 바람을 이용해 겨우 내 이름을 말한다.

"김자앙갑."

"김, 김장갑이란 말이죠?"

남자의 말에, 나는 또 우르릉거리며 나의 이름을 말한다.

"김귀이바쿠이."

"김, 김귀바퀴?"

나는 또 우르릉거리며 나의 이름을 말한다.

"김시임장."

"김심장, 심장 맞죠?"

"기임궤양."

"네? 궤양? 김궤양이요?"

바람이 멈추자 나는 이제 정확한 소리를 낼 수 없어 신음한다. 그는 이제 나의 목소리를 알아듣지 못한다. 그는 나의 이름을 받

고스트

아 적다 말고 주위를 둘러본다. 그는 그곳에 자기 자신 말고 아무
도 없다는 사실을 깨닫는다. 다만 주변의 사물들이 내는 소리가
이따금씩 들려올 뿐이다.

"거참, 헛것을 본 모양이군."

남자는 머리를 세차게 흔들고 탈의실로 들어가 버린다. 나는
그가 들어간 곳으로 따라 들어간다. 직원이 옷을 벗자 사각사각
하는 소리가 들린다. 나는 마지막으로 내 이름을 힘주어 말하려
고 하지만 그 안에는 지나가는 바람도, 식물관이 진동하는 나뭇
잎도 없다. 나는 온통 딱딱한 콘크리트와 철로 된 캐비닛의 진동
을 이용해 내 이름을 말한다. 그러나 나의 소리는 제대로 가닿지
못하고 툭툭 분질러진다. 그 소리는 꼭 성냥갑에 성냥을 긋는 소
리처럼 탁탁하며 들리기도 하고, 누군가 딱딱한 탈의실 손잡이
를 삐걱삐걱 돌리는 것 같기도 하다.

"무슨 소리지?"

나는 내 마지막 이름이 불린 게 기뻐서 우우우하고 소리를 낸
다. 그는 탈의실 문 쪽으로 다가가 아무도 없는 것을 확인하고는
고개를 갸우뚱한다. 남자는 회사의 유니폼을 벗어 캐비닛 안에
넣고 밖으로 사라져 버린다. 그가 가고 나자 나는 더 이상 갈 곳
이 없다. 아니, 어쩌면 나는 이제 어디든 갈 수 있는 것인지도 모
른다.

나는 내가 일하던 사무실로 달려간다. 모두가 퇴근한 사무실
안은 고요하다. 나는 거기서 내 오른팔의 환영을 본다. 오른팔은
거기서 컴퓨터 자판을 치다가 무언가를 휘갈겨 쓰는가 하면, 종

이 박스를 서랍에서 가져오기도 한다. 그 환영을 보는 순간 슬픔에 복받친다.

나는 집으로 달려간다. 그곳은 어두컴컴하고 아무도 없다. 나는 방에 좀 눕고 싶다. 그러나 누일 몸이 없다. 울고 싶지만 목소리가 없다. 누군가의 이야기를 듣고 싶지만 귀가 없다. 오늘 내게 벌어진 이 모든 억울한 일을 알리고 싶지만 들어 올릴 팔이 없다. 그러나 나는 아무 데나 순식간에 내달릴 수 있을 것이다. 하지만 그것이 과연 무슨 의미란 말인가.

나는 책상 위에 몸을 구기고 앉는다. 누군가 내 방으로 들어온다. 마치 오래전부터 이곳에 살고 있는 사람 같다. 세수를 하고 나온 그는 피곤한 듯 침대 위에 엎드린다. 얇은 벽 사이로 옆 방 누군가의 울음소리가 들린다. 너는 벽을 향해 주먹을 쳐들었다 그만둔다. 그의 오른팔이 희미해지고 있다.

고스트

밧줄

그해 여름, 서울에는 매일 수십 개의 밧줄이 내려왔다. 밧줄이 모두에게 평등한 것은 아니었다. 밧줄을 염원하는 이의 눈앞에는 끝내 내려오지 않았고, 외면하는 이의 눈앞에는 끈질기게 밧줄이 나타났다. 밧줄을 잡고 하늘로 올라간 사람도 있었지만 땅으로 떨어져 죽은 사람도 있다. 두 달 후 밧줄은 서울 하늘에서 사라졌다. 여름이 끝나자 사람들은 밧줄에 대해 영영 잊어버린 것처럼 굴었다. 지금 하늘에서는 밧줄이 내려오지 않는다. 여기, 내가 직접 보고 들었던 이야기를 적는다.

처음 밧줄을 본 것은 팔 월 첫째 주 월요일 새벽이었다. 여름의 열기가 지상에 내려올 차비를 하고 있었고 세상도 밝아지려던 찰나였다. 창문에서 무언가 흔들리고 있었다. 회전 중인 선풍기가 창가로 목을 돌릴 때마다 창문 밖에 있던 그것도 흔들렸다.

침대에서 일어나 살펴보니 밧줄이 내려와 있었다. 손을 내밀어 붙잡기 딱 좋은 위치였다. 밧줄을 붙잡아 단단히 매듭을 지으면 두 발을 꼰 채로 그 위에 앉아있을 수도 있을 것 같았다. 검지로 밧줄을 건드리자, 뒤로 밀려났다가 다시 제자리로 돌아왔다. 손을 내밀어 밧줄을 잡으려다 그만두었다. 누군가 필요에 의해 매어놓은 것일 수 있었다. 아파트 외벽 보수 공사라거나, 페인트칠 혹은 내가 짐작하지 못하는 그런 작업들 말이다.

퇴근길에도 밧줄은 있었다. 나는 경비원에게 밧줄에 대해 이야기했다. 그는 외벽 공사도 페인트칠도 계획된 게 없다고 했다. 아침부터 지금까지 그대로란 나의 말에 그는 마지못해 자리에서 일어섰다.

경비원과 함께 내가 사는 201동 앞으로 갔다. 아직 밧줄이 있었다. 그러나 밧줄은, 아파트 옥상이나 어느 집 창문에 매여 있는 게 아니었다. 하늘로부터 내려와 내 방 창문 앞까지 닿아 있었다. 뿌리도 없이 식물이 자라난다는 이야기를 나는 들어본 적이 없다. 그것은 하늘로부터 내려와 있었다. 죄수를 묶는 포승줄도 아니요, 운동회의 줄다리기에서 쓰이는 밧줄도, 빨래를 너는 용도도 아닌 길고 굵은 줄이었다.

놀란 눈으로 서있는 나에게 경비원이 핀잔을 주었다.

"공사 일정 잡힌 게 없다니까 그러네. 바쁜 사람을 데려다가 뭘 하자는 건지, 거참."

그는 투덜거리며 휑하니 사라져 버렸다. 나는 혼자서 밧줄의 불가사의를 구경하다가 효인에게 문자를 보냈다.

'허공에 밧줄이 내려와 있어. 정말이야. 그런데 다른 사람 눈엔 안 보이나 봐.'

효인에게 답이 왔다.

'곧 다른 사람 눈에도 보일 거예요.'

효인의 말은 절반 정도만 맞았다. 그것은 이 비극적 사건의 발로였다.

다음 날, 출근길에서 경비원을 만났다. 그는 202동의 옥상을 바라보고 있었다. 아니, 옥상 너머 더 높은 하늘을 보고 있었다. 거기 새로 생겨난 밧줄이 있었다. 그의 눈에도 그 밧줄이 보이는 것이 분명했다.

그의 발 옆에는 하얀색 스프레이로 그려진 투신의 흔적이 있었다. 현관 건너편에선 주민 몇 명이 새벽에 있었던 비극에 대해 이야기하고 있었다. 어젯밤 누군가 아파트에서 떨어져 죽었다고 했다. 그들 중 하나가 경비원에게 다가가 쏘아붙였다.

"그만 좀 해요. 집값 떨어진다고 광고할 일 있어요?"

경비원은 들고 있던 택배 상자를 고쳐 안아 들고는 걸음을 옮겼다.

주민들은 밧줄이 아니라 투신에 대해 이야기하고 있었다. 올해로 벌써 세 번째라는 것이었다. 강북에서도 그나마 학군이 괜찮은 곳인데 이런 일이 생겨 더 힘들어졌다고 투덜댔다. 타인의 죽음 앞에서 자신들의 안위를 먼저 걱정하는 그악스러운 태도가 못마땅했다. 허나 저들이 악착같이 지켜내는 집값이 결국은 내 이익이 된다는 것을 나도 알고 있었다.

밧줄에 대한 생각은 출근길에 있었던 사건 속에서 잠시 잊혀졌다. 옥수역과 압구정역 사이에서 지하철이 갑자기 멈춰버린 것이다. 지상을 이동하는 중에 생긴 일이었으나, 전력이 끊긴 탓에 에어컨이 가동되지 않았다.

출근길이라 사람이 많았으므로 지하철 안은 점점 더워졌다. 십 분이 지나고 삼십 분이 지나도 지하철은 움직이지 않았다.

"기술자들이 다른 현장에 있어서 대체 인력이 오고 있다고 합니다."

기관사와 통화를 한 누군가가 소리쳤다.

"원인이 뭔지는 몰라요."

"아까도 오고 있다고 하던데."

그런 말들이 오고 가는 사이 사람들이 직접 문을 열었다. 위험할지도 모른다고 생각하면서도 숨통이 트인다는 표정들이었다. 선로의 열기가 지하철 안으로 들어오는 사이, 하나둘씩 선로 아래로 내려가기 시작했다. 기관사가 선로 아래로 내려간 사람들을 향해 소리쳤다.

"전기 공급이 늦어질 것 같습니다."

사람들은 선로를 따라 다음 역으로 가자고 제안했다. 전력 공급이 이루어지지 않아 달리는 전철에 치일 염려는 없다는 것이었다. 기관사의 허락하에 우리는 압구정역을 향해 걷기 시작했다.

선두에서 몇몇이 뛰기 시작하자 덩달아 다른 사람들도 뛰었다. 태양 빛에 달궈진 선로 위를 걷자니, 땀이 비 오듯 쏟아졌다. 나는 뛰는 듯 걷는 듯하며 사람들 뒤를 따랐다. 그러던 중 갑자기 몇 사람이 제 자리에 멈춰 섰다. 그들은 강물 위의 허공을 보고 있었다.

강물 위 저만치 위로 밧줄이 내려와 있었다. 하나가 아니라, 수십 수백 개가 한꺼번에 내려와 있었다. 반짝거리는 강물 때문에 얼핏 보면 쏟아지는 빛처럼 보였지만, 그것은 분명 밧줄이었다. 누군가는 전화기로 사진을 찍었고, 누군가는 특이한 형태의 빛이라며 놀라워했다. '밧줄입니다. 밧줄.' 하고 내가 이야기했지만, 사람들은 아닐 거라고, 그럴 리가 없지 않으냐고 했다. 나는 그들을 조금 더 설득해볼까 하다가 그만두었다.

지하철역에 가까워지자 서늘함이 느껴졌다. 그러나 서늘함은 이내 불쾌감으로 바뀌었다. 터널의 습기가 흘러내리는 땀과 엉겨붙었고 숨을 쉴 때마다 묵은 먼지가 폐 속으로 들어오는 듯했다.

우리는 한 손으로 입을 막고 휴대전화기의 플래시에 의지해 빠르게 걸어 나갔다. 사람들의 걸음 소리가 터널 안에서 우두두 울려 퍼졌다.

어느 사이 저만치 앞에 승강장의 불빛이 보였다. 마음이 놓이면서, 또 불안해졌다. 지금까지의 일상과 다른 세상이 저기 있을 것만 같았다. 이 불안감이 그때 생겨난 것인지, 이후에 내가 덧붙인 것인지는 잘 모르겠다.

스크린도어의 문이 열리고 역무원들이 선로 아래로 뛰어내리는 게 보였다. 역에 모여선 사람들의 웅성거리는 소리와 카메라 플래시가 터지는 소리, 비켜달라고 고함을 치는 소방대원들의 목소리가 뒤섞여 들려왔다. 세 개의 사다리로 승강장 위에 사람들을 끌어올렸다. 승강장 위의 사람들이 나머지 사람들을 끌어올려 주었지만 구조는 더뎠다. 그렇게 올라온 사람들을 기자들이 둘러쌌고 철없는 사람들은 사진기를 들이밀었다. 뒤에서 누군가 소리쳤다.

"탈진한 분들이 계십니다. 도와주셔야 합니다."

역무원이 페트병에 물을 가져와 한 모금씩 나누어 마셨고, 선로 위의 사람들이 지상으로 올라갔다. 누군가 사진을 찍어댔고, 누군가는 침대에 실려 가기도 했다. 시간은 열 시를 훌쩍 넘어서 있었다. 중년의 소방대원이 병원에 가지 않아도 되겠냐고 물어왔지만, 시간이 없었다. 나는 지하철 화장실에서 간단히 땀을 닦고는 택시를 잡아타고 사무실로 향했다.

사무실로 들어간 시각은 정오 무렵이었다. 직원들은 오전에 있었던 일에 대해 듣고 싶어 하는 눈치였지만 나는 입을 다물어 버렸다. 어떤 기사에서는 오늘의 사건이 파업으로 인한 대체 인력 투입 때문이라고 했다. 또 어떤 기사에서는 사고의 원인에 대한 언급 없이, 지하철 선로를 걷는 것이 위험한 일이며, 운행이 재개될 때까지 기다리는 게 최선이라는 말만 했다.

지하철에 타고 있던 사람들이 찍어 올린 사진이 온라인 여기저기에 떠돌아다녔다. 밧줄에 대한 이야기는 아직 어디에도 없었다.

"무사히 돌아오셔서 다행이에요."

효인은 씨익 웃어 보이고는 제 자리에 가 앉아 컴퓨터에 코를 박았다. 효인의 그 태도에는 요사스러운 궁금증도, 섣부른 공감도, 호들갑도 없었다. 그때 고맙다는 말을 건네지 못했다는 사실이 지금에야 마음에 걸린다.

　셋째 날 아침, 서울의 풍경은 생소했다. 사람들은 모두 하늘을 보고 있었다. 밧줄이 사람들의 고개를 쳐들게 한 셈이다. 늘어나는 밧줄의 숫자를 가늠하느라, 볼 수 없는 사람들은 어떻게 하면 밧줄을 볼 수 있는지 궁리하느라, 믿지 않는 사람들은 어떤 속임수가 있는지 확인하기 위해. 최근 몇 년 동안 많은 사람들이 스마트폰을 보느라 고개를 숙인 채 걸어 다닌 것을 생각한다면 고무적인 일이었다.

　어째서 누군가에는 밧줄이 보이고, 누군가에는 보이지 않는지 알 수 없었다. 계급도, 성별도, 나이도, 신체적 여건에 따른 것도 아니었다. 밧줄을 볼 수 있는 사람이 있었기에, 볼 수 없는 사람들은 밧줄 보기를 갈구했다.

　정부에서는 대대적인 입단속에 들어갔다. 유언비어를 퍼트리는 자에게는 법적 처벌을 가하겠다고 했다. 발표를 비웃듯 포털 사이트의 게시판에는 밧줄과 관련해 일정한 질서 아래 관찰적 사실을 정리 취합하려는 움직임이 생겨났다. 그들은 서울 시내의 주요 거점을 정하고 밧줄의 숫자와 생김, 지상으로부터 밧줄까지의 높이 등을 교환해나갔다.

　밧줄이 가장 많이 내려와 있는 곳은 광화문의 교보 빌딩 인근이었다. 그 뒤를 이어 강남이나 공덕, 홍대 등을 자주 오가는 사람들의 게시물이 새로이 생겨났다. 게시물을 통해 추론한 바에 의하면 지상으로부터 밧줄까지의 높이는 주로 빌딩의 5-7층

159

사이에 가장 많이 분포했으며, 교보 빌딩 앞으로 포진한 밧줄의 숫자는 첫날 이십여 개에서 관찰 삼 일째 되는 날에는 오십여 개가 넘어서는 것으로 알려졌으나 모두에게 동일한 것은 아니었다. 관찰이 알려주는 사실은 오직 하나, 밧줄이 존재한다는 사실뿐이었다.

NHK와 CNN에서 발 빠르게 과학자들의 입장을 내놓았다. 그들은 인공위성 사진을 제시하면서 서울의 중심부, 즉 인구밀도가 높거나 유동인구가 많은 지역에 유독 강렬한 빛이 인공위성 사진에 찍혔음을 인정하였다. 그 빛의 형태가 지난 3일 전부터 발견되었다고 했다.

원인을 알 수 없는 이상 현상 앞에서 일본 언론은 한국에서 전해 내려오고 있다는 전래동화를 전했다. 떡장수인 어머니에게 떡을 다 빼앗고 그것도 부족해 어머니의 자식들까지 죽이려는 호랑이를 피해 아이 둘이 하늘을 향해 빌어서 내려온 동아줄 이야기, 해님 달님을 말이다.

말쑥하게 머리를 빗어 넘긴 일본의 앵커는 전래동화의 결론을 이야기하며 이런 말을 덧붙였다. '하늘에서는 호랑이에게 썩은 동아줄을 내려주었고, 호랑이가 땅으로 떨어져 죽은 곳에서 붉은 수수가 자라났다고 합니다. 서울에 못된 호랑이가 많은 걸까요, 어머니를 잃고 하늘에 기도하고 있는 남매가 많은 걸까요. 밧줄이 어디에서부터 온 것인지 알 수 없지만 서울 하늘에 밧줄이 나타났다는 것만은 분명 사실인 것 같습니다.'

밧줄은 우리의 이해를 넘어서는 것이었다. 중력을 거슬러 내려와 있었고, 뿌리도, 동력도 없이 허공에 떠 있었다. 어떤 이에게 밧줄은 사회 혼란을 야기하는 미신이었고, 어떤 이에겐 생을 넘어설 수 있는 수단이었고, 어떤 이에겐 혼란을 가장해 신이 내린 구원과 자비의 끈이었다.

그날 밤엔 거실에서 잠을 잤다. 시치미를 떼며 내려와 있는 밧줄을 보는 것이 두려웠던 탓이다. 꿈속에는 수백 개의 밧줄이 바닥까지 내려와 있었다. 밧줄은 서울 시내의 도로와 인도, 골목길과 빌딩의 입구, 빌딩 사이, 청계천과 한강 변까지 단단하게 내려와 있었다. 사람들은 밧줄 사이에 갇혀 움직이질 못했다. 다른 이를 향해 말을 하려고 했지만 목소리가 나오질 않아 끙끙거렸다. 입 밖으로 겨우 신음소리를 내놓고서야, 그것이 꿈인 줄 알았다. 깨어나서도 창밖을 볼 수가 없었다. 밧줄에 대해서 나는 아무것도 알 수 없었다. 그 무지가 나를 두렵게 했다.

딩동, 하고 문자 메시지가 왔다. 효인이었다.

'선배님, 어제 깜빡 잊고 전해드리지 못했습니다. 오늘 저녁에 팀 회식이 있습니다.'

나는 그제야 몸을 움직일 수가 있었다. 밧줄이 내려온 지 삼 주째였다.

출근길에 만난 경비원은 하늘을 보고 있었다. 201동과 202동 사이에는 아침보다 더 많은 밧줄이 내려와 있었다. 어떤 것은 지상 가까이 내려와, 주차장에 세워진 자동차 위에서 움직이고 있었다.

"이제야 저게 보이시는 모양입니다."

나는 그의 옆에 서서 밧줄을 가리키며 물었다.

"사람 참 이상하네. 밧줄이라니, 난 안 보입니다."

그는 자신이 본 것을 부정하고 황급히 아파트 뒤편으로 사라져버렸다.

그날 정오, 밧줄의 쓰임에 대한 첫 번째 사례가 기사화되었다. 열여섯 살짜리 딸이 밧줄을 타고 올라갔다는 어머니의 인터뷰가 신문에 실려 있었다. 며칠 전부터 밧줄이 보인다는 말을 하던 아이가 제 방에서 사라졌다는 것이다. 창문 밖에서 소리가 나기에 고개를 내밀어보니, 하늘에서 딸아이의 목소리가 잠깐 들리고는 사라졌다고 그녀는 밝혔다.

밧줄 출몰 후 한 달이 넘어가자, 분위기는 더욱 심상찮았다. 노량진의 학원 옥상에서 세 사람이 하늘로 오르는 모습이 찍힌 사진이 인터넷을 떠돌았다. 하얗게 번져 잘 보이지 않는 밧줄을 그들이 붙잡고 있었다. 하얀빛으로 된 줄을 붙들고 사람들이 하늘로 사라지고 있었다.

노량진 사건 이후 구원의 밧줄은 폭발하듯 하늘을 향해 치솟았다. 사람들이 하늘로 사라져갔다. 학교 옥상이나 아파트, 대형마트의 야외주차장의 자동차 위, 광화문과 강남의 높은 빌딩의 옥외 정원 등.

사람이 하늘로 올라간 이야기 중 가장 인상적인 이야기는 이렇다. 병원에서 어머니의 수발을 들던 딸이 병원 옥상에 올라가 어머니를 밧줄에 묶어 하늘로 올려 보낸 이야기 말이다. 타의에 의한 상승이었으므로 살인이냐 아니냐를 두고 온라인에서 설전이 있었으나, 곧 시들해졌다. 하루 평균 하늘로 솟아버린 사람들의 숫자는 사백이십 명이었다.

회식 자리에서 효인이 물었다.

"지금도 저 허공 어딘가에 밧줄이 내려와 있나요? 어떻게 생겼어요? 어디에 얼마나 내려와 있어요?"

눈먼 사람에게 이야기해 주듯, 창밖의 밧줄을 보며 말했다.

"어떤 건 빌딩의 10층 높이까지 내려와 있고, 어떤 건 5층 가까이 내려와 있어. 다른 사람들에게 보이는 건 나한테는 보이지 않기도 하고, 남이 볼 수 있는 걸 나는 못 보기도 하지."

"밧줄이 보인다면 숨이 트일 것 같은데, 왜 제 눈에는 보이지 않는 걸까요."

꿈이 아니었을까. 어떤 이는 이 꿈에서 의미를 찾고, 어떤 이는 의미를 찾을 수단조차 얻지 못하는 그런 꿈. 이 불공평한 꿈에서 나는 무슨 일을 할 수 있을까.

집으로 돌아가는 길, 아파트 경비실은 비어있었다. 텔레비전이 켜져 있는 것으로 보아 가까운 곳을 순찰하는 모양이었다. 그렇게 생각하면서도 나는 괜히 하늘 위를 바라보았다. 어둠 속에서 희미하게 밧줄이 흔들리고 있었다.

마침내, 서울 시내 초등학교에는 임시 휴교령이 내렸다. 아이가 밧줄에 붙들려 갈 것을 걱정하는 부모들이 교육청에 압력을 넣었다고 했다. 사람들의 우려와 달리 상승은 오전에만 세

건에 일어났고 오후에는 단 한 건도 발생하지 않았다.

오전에 있었던 세 건마저도 기존의 상승과는 달리 의심스러운 점이 많았다. 강동구의 작은 개척 교회에서 발생한 사건은 오직 교회 신도들의 증언으로만 이루어진 미심쩍은 상승이었다.

그럼에도 그즈음은 인간과 자연, 신과 과학에 대한 가장 뜨거운 논의가 펼쳐졌다. 신문 사설과 종합 편성 케이블 티브이의 뉴스의 메인 꼭지, 인터넷은 말할 것도 없었다.

상승이란 신적인 존재가 소수의 사람을 선택했다는 증거다, 종말 직전 땅에서 구출될 마지막 기회다, 등등. 구원이니 극락이니 천국이니 하는 종교의 말을 부정하면서도, 상승의 사건은 어쩌면 있을지도 모를 복된 내세, 극락의 존재에 대한 가능성을 말하는 것만 같았다.

마음 한구석에 간사한 자만심이 불쑥 생겨났다. 아직 나는 밧줄을 볼 수 있다는 생각이 마음속에서 소용돌이치기 시작했다. 회사에 앉아있을 수가 없었다. 밧줄을 볼 수 있다는 것은 복된 내세에 대한 자격을 가진 자임을 말해주는 증표처럼 여겨졌기 때문이다.

하지만 밧줄은 없었다. 두 달이 지나자 감쪽같이 밧줄은 사라져버린 것이다.

닫아두었던 창문 밖에는 아파트 앞 동에서 사람들이 켜둔 전기 불빛만 선명하게 반짝거리고 있었다. 밧줄은 꿈이었던가. 나는 있는지 없는지도 모를 내세와 내 상상 속에서 급조된 극락의 소멸로 인해 충격을 받았다. 애초에 없던 밧줄이 잠깐 생겼다가 사라진 것뿐이었다. 그러나 이로 인한 상실감은 말할 수가 없는 결과를 가져왔다. 이 허망함으로 빚어진 날을 나는 하강의 날이라고 부르겠다.

첫 번째 추락은 마포구 공덕동에서 발생했다. 새벽 네 시 삼십 분, 하늘에서 떨어진 추락자의 부서진 몸을 미화원이 발견했다. 미화원은 떨어져나간 팔과 다리, 그리고 으스러진 머리를 보고 그 자리에서 기절했다.

두 번째 추락 신고는 신사역 인근에서였다. 달리는 자동차들이 추락자의 몸을 짓이기는 바람에 그 모습은 더 참혹했다고 한다. 추락자의 옷에서 중국 여권이 나오는 바람에 이 소식은 중국에까지 전해졌다. 중국 공영방송의 한 앵커는 하늘로 올라가지 못한 한국인들의 우울에 중국인이 전염된 것이라는 인상적인 평을 내놓기도 했다.

상승이 빠른 속도와 많은 숫자의 사람들로 이루어졌다면, 하강은 이따금씩 그러나 지속적으로 이루어졌다.

광화문의 인도와 지상에 나 있는 지하철의 선로 위에 사람이 떨어지는 바람에 어느 면에서 도로는 비상사태였다. 인도를 걷던 사람이 하늘에서 떨어진 사람에게 맞아 죽은 일도 비극 중 하나였다. 땅으로 떨어진 이들의 신체는 처참했다.

무엇보다 가장 강력한 비극은 친밀한 자의 죽음일 것이다. 그렇다. 서른 번째 추락자가 내 곁에 있었다. 그는 효인이었다. 그는 물었었다.

"아직도 밧줄이 있어요?"

나는 창가로 다가가 바깥을 내다보았다.

"거의 사라졌어."

효인은 더 이상 말이 없었다. 그 대화를 끝낸 후 밖으로 나간 효인은 자리에 돌아오지 않았다. 가방도, 재킷도 제 자리에 놓아둔 채였다. 두어 시간 뒤, 응급차가 도착하고 효인의 몸을 수습했다. 효인이 내게 했던 말을 떠올렸다.

'저는 한 달에 백팔십만 원을 벌어요. 월세는 사십오만 원이고 더 싼 방은 없어요. 거기서 학자금을 갚고 차비를 하고 밥값을 하면 아무것도 못 해요. 운동을 하거나 옷을 사려면 빚을 내야 해요. 전 비정규직이라 언제든 잘릴 수 있잖아요. 구직하는 동안 월세는 어떻게 내고 밥은 어떻게 먹어요. 이곳에 사는 한 계속 그렇겠죠. 얼른 밧줄이 보였으면 좋겠어요.'

밧줄을 숨구멍으로 생각했으니 숨구멍이 사라지면 죽는 것은 이치에 어긋나는 것도 아니었으리라.

효인의 집에 전화를 걸었지만 받는 사람이 없었다. 부모님도 오빠도 연락이 안 된다고 했다. 장례식장을 마련해 줬으면 한다는 내 제안을 회사는 거절했다. 회사 차원에서 한 개인만을 위한, 그것도 정규직도 아닌 사원을 배려할 필요가 없다고 했다.

사내 게시판에 밧줄이나 투신, 상승에 대한 이야기를 금지한다는 방침도 내려왔다. 나는 익명 게시판에 효인의 명복을 빈다는 글을 올렸다. 익명 게시판이라도 해도 인사과에서 마음만 먹으면 누구인지 확인할 수 있다는 사실은 알고 있었다. 글은 삭제되었고, 나는 인사과로부터 전화를 받았다.

"방침을 한 번만 더 어기면 다음 발령 시에 불이익을 당할 수 있습니다."

"저는 방침을 어긴 적이 없습니다."

직원들은 제 일을 하는 척하면서 내 말에 귀를 기울이고 있었다. 그들의 모습에서 서울의 카페 창가에 붙어 앉아 추락자들을 기다리던 사람들을 떠올렸다. 하강의 날, 사람들은 그 비극의 목격자가 되어 누군가에게 이야기를 전하고 싶어 했다. 자비도 구원도, 이 생을 단절하고 저 멀리로 가고 싶다는 상상도, 숨구멍으로서의 밧줄도 없었다. 추락을 목격하는 사람들은 밧줄로부터 단순한 경악과 놀람과 구경거리를 전시하고자 하는 욕망 이외의 다른 것은 없었다.

효인이 죽은 후, 혼자 사막을 걷는 기분이 들었다. 지하철이 고장이 나 어두운 터널로 들어가 퀴퀴한 먼지 냄새를 맡을 때도 이런 적막함을 느끼지 못했다. 적어도 그땐 우리가 함께 살아가고 있다는 사실을 의심할 필요는 없었으므로.

아파트 경비실에는 불이 켜져 있었다. 안을 보니 키가 작달막하고 젊어 보이는 중년 남자가 택배 상자들을 정리하고 있었다.

"그전에 계시던 분은 그만두셨나요?"

내 말에 그가 대답했다.

"용역 회사가 바뀐 거라 잘 모릅니다."

용역 회사에서 어떻게 사람을 고용하는지, 이전 경비원들은 그럼 어떻게 된 것인지 물어도 그의 대답은 한결같았다. '저는

잘 모릅니다. 회사가 하라는 대로 합니다.'

"몇 동 몇 호에 사시죠?"

내가 동과 호수를 대자, 그는 내 앞으로 온 택배를 건네주고 사인을 할 서류를 내밀었다. 그리고는 다시 바쁘게 택배 물건을 정리했다. 사소한 의견을 밝힌 경험으로 일자리를 위협받는 사태를 겪기라도 했던 걸까.

이전 경비원이 밧줄을 보지 못했다고 더듬거렸던 이유를 어쩐지 알 것 같았다. 그에게는 세계를 자기 방식대로 보고 결정할 만한 권리가 없었던 것이다. 아마도 그는 서울의 삶에 학습되었을 것이다. 의견을 밝히지 말라. 쓸데없는 것에 호기심을 갖지 말라. 오직 일하고 일하고 일하라. 그러다 죽어라.

두 달이 지난 후, 서울 어디에도 밧줄이 보이지 않았다. 하늘로 올라가는 사람들도 더는 없었다. 투신을 하는 사람의 숫자는 현저히 줄었지만 아직 사람들 사이에서는 추락의 그림자가 따라다녔다. 그래도 모두 아무렇지도 않은 척 굴었다. 사무실 사람들도 그랬다. 타자 치는 소리만 간간이 들려올 뿐, 누구도 효인을 애도하는 사람이 없었다.

나는 비어있는 효인의 책상에 다가갔다. 발 빠르게 효인을 짐을 빼버렸지만 아직 후임을 찾지는 못한 모양이었다. 저 위 어딘가에서 이 자리에 올 누군가가 면접을 보고 있을지 모를 일이었다. 현재보다 나은 삶을 기대하며, 숨구멍을 찾아 헤매고 있는 다른 누군가가.

나는 슬며시 삐져나온 의자를 책상 안으로 밀어 넣었다. 의자 다리에 무언가 걸리는 게 느껴졌다. 팔찌였다. 여러 가지 색깔로 엮인 팔찌는 내가 라오스에 다녀오며 사 온 것이었다. 흔한 것이었지만, 나는 그 팔찌를 효인에게 건네며 말했었다.

'팔찌가 끊어지면 소원이 이루어진대.'

효인의 팔찌를 손에 둘러주며 말했다.

'잘됐네요. 안 그래도 소원이 있었는데.'

소원이 뭐냐고 물었지만 효인은 미소를 지을 뿐이었다.

나는 바닥에 떨어진 팔찌를 주워들었다. 조금 너덜해진 팔찌는 끊어졌다. 순간, 퍽 하는 소리와 함께 형광등이 나갔다. 정전이었다. 업무를 보던 직원들 중 몇몇이 소리를 질렀다. 갑작스러운 일에 놀란 탓이었지만, 불가사의한 사건이 또다시 터진 게 아닐까 하는 공포와 경악 때문이었으리라.

"사다리차가 전선을 잘못 건드렸답니다. 한전에서 최대한 빨리 수리하겠다고 합니다."

경비실에 다녀온 직원의 목소리가 사무실에 울려 퍼졌다. 과장이 짜증스럽다는 듯 욕을 내뱉었다. 컴퓨터가 꺼졌으니, 일을 할 수 없게 되었거나, 저장해두지 않은 문서 때문이기도 했으리라.

그래, 생각이 났다. 영화를 보고 돌아오던 지하철 안에서 효인이 했던 그 말이.

'절망만 하면서 계속 살고 싶지 않아요. 희망이란 걸 갖고 싶어요.'

살아봐야 절망의 끄트머리에 뭐가 있는지 알 수 있다는 주제 넘은 이야기를 했던가. 그 말들은 그저 나의 상상일 뿐이었을까. 갑자기 하늘 위에서 내려온 밧줄도, 추락과 상승의 사건도, 효인의 죽음도 내가 만들어낸 이야기는 아니었을까. 누구에게 물을 수 있을까. 이 모든 일들이 사실일까. 우리가 살아가는 이곳에서 벌어진 일일까?

퇴근 후 정류장으로 향했다. 이미 가을이었다. 노란 은행 나뭇잎들이 바닥에 우수수 떨어져 짓이겨진 채였다. 지나는 이들이 밟은 탓이었다.

나는 정류장 한구석에서 은행나무를 올려다보았다. 수백 년을 산다는 은행나무는 하강의 힘으로 뿌리를 내리고 햇빛을 향한 광합성만으로 스스로를 영위하고 있었다. 의식을 마비시키고 영원히 행위를 하지 않기로 작정한 나무는 땅 아래 굳게 박혀 있지만, 중력의 힘으로 살아가고 있었다. 의식과 행위를 버리고 제자리에서 생명을 유지하는 이 나무와, 의식을 가진 탓에 쉽게 죽음을 맞이할 수 있는 동물 중 누구의 생명 진화가 더 성공적인가.

버스가 도착하고 있었다. 한 발을 내딛는 순간 무언가가 툭, 내 머리 위로 떨어졌다. 무언지 확인할 새도 없이 나는 얕은 비명을 질렀다. 보도블록 위엔 작고 노란 은행 한 알이 떨어져 있었다.

최진석(문학평론가)

SF, 중력을 거스르는 이야기

잘 알려진 정의로 시작해 보자. 소설이란 무엇인가? '현실에 있을 법한 사건을 개연성 있게 그려낸 이야기'라는 데는 다들 동의할 것이다. 그럼 이로부터 나올 결론은 다음의 두 가지겠다. 첫째, 소설 속의 이야기는 제 아무리 현실에 근접해 있어도 결코 현실 자체는 아니라는 것. 둘째, 그럼에도 불구하고 소설은 현실에 대단히 가까이 밀착해 있는 이야기라는 것. 요컨대 '소설 + α = 현실'이 우리의 공식이다.

그렇다면 α의 정체는 대체 무엇일까? 물론, 허구(fiction)는 아직 답이 아니다. 어차피 소설 자체가 허구니까. 차라리 소설을 현실에 가까이 밀어붙이되 현실 자체는 아니도록, 양자 사이의 거리를 유지시켜주는 아주 미세한 간극이 α의 정체라 할 수 있다. 또는, 현실을 소설이 아니게끔, 현실 그 자체로 유지시켜 주는 간극이라 불러도 좋겠다. 존재한다고 말해야겠지만 너무나 얇고 투명하여 감히 무게조차 달 수 없는 반(半)현실과 반(半)허구 사이의 α. 이것이야말로 소설을 소설로 만들어주고 현실은 현실로 남겨 놓으며, 양자가 서로 유사하면서도 달라질 수 있게 만드는 차이 그 자체일 것이다. 나는 이를 환상이라 부르고 싶다.

일반적으로 환상이란 비현실적인 것, 현실 바깥의 어떤 사태를 말한다. 일종의 '잉여'라 할 수 있는 환상은 정상적인 삶을 영위하기 위해서는 버려져야 하고, 기각되어야 할 부대물로 간주된다. 통상의 상식에 따른다면, 일상의 현실이란 환상적인 것 일체를 제외한 모든 것이다. 즉, 사회생활을 지탱하는 유무형의 질서와 그 물질적 하부구조가 모두 이에 속한다. 가령 신호등의 녹색불과 빨간불이 서로 다름을 알기에 우리는 길을 걸을 수 있다. 또, 머릿속의 생각과 실제 현실의 차이가 무엇인지 알기에 타인과 의사소통하며 나날의 일상을 영위해 갈 수 있는 것이다. 하지만 현실이 정말 눈에 보이고 귀에 들리는 질서정연한 규칙만으로 이루어져 있을까?

환상이 갖는 아이러니는 그것이 '허무맹랑한 헛된 것'이라는 사전적 규정에만 국한되지 않는다는 데 있다. 실제 현존하는 현상뿐만 아니라 우리가 욕망하는 것, 아직 있지 않으나 존재하도록 촉구되는 것, 그리하여 말과 이야기를 통해 불러내지고 부풀려지는 것 모두가 현실에 바짝 붙은 환상의 경계선에 놓여 있다. 환상 그 자체는 존재하지 않을지 몰라도 환상 없이는 그 어떤 현실적인 것도 있을 수 없다. 환상은 그처럼 불가피한 잉여에 다름 아니다. 그것은 현실에 부가된 일종의 '덤'이지만, 이 덤이야말로 현실을 떠받치는 은밀한 토대가 된다.

소설의 일반적 정의대로, 이야기는 현실을 모방한다. 허구적 서사로서 이야기는 현실 그 자체는 아니지만 현실과 구분 불가능할 정도로 닮았다. 하지만 이 닮음은 팩트(fact)의 집합이란 의미에서 성립하는 유사성이 아니다. 오히려 현실적 유사성을 넘어서는 닮음, 현실을 초과하는 잉여이자 덤으로서 은밀하게 현실에 겹쳐진 닮음이다.

지금부터 살펴볼 박송주의 작품에서 '공상과학소설'이라는 일반적 규정에 해당되는 소재나 내용을 찾으려는 시도가 무망한 이유도 그에 있다. 여기서 첨단기술이나 미래과학과 같은 SF의 통념적 대상을 찾을 필요는 없다. 'SF 소설집'이라는 제명을 무색하게 만드는 일상의 이야기들이 펼쳐지는 가운데 돌연 삐죽하게 현실을 넘어서는 환상을 찾아야만 한다. 그것은 제법 기이하고 이상스럽게 들리는 이야기지만, 우리가 발 딛고 선 지금-여기의 현실을 넘어서는 역설의 환상이 발생하는 장면이라 할 만하다. 고루하고 비루한 이 현실에 덤으로 붙여진 이야기들, 그러나 지금-여기를 떠안는 은밀한 유혹이자 욕망으로서의 소설이 여기 담겨 있다. 이로부터 작가는 SF의 정의를 새롭게 새겨놓는 바, 그것은 잉여의 이야기(surplus fiction)인 동시에 허구가 만들어낸 리얼리즘이다.

* * *

흔히 우리는 현실을 '체험한다'고 말한다. 그렇다. 지금-여기의 순간순간을 살아내는 것, 그런 체험의 집합이 가장 즉자적인 현실이다. 하나의 사건으로 체험은 새롭고 낯선 삶의 과정이기에 매번 현실을 변화시킨다. 나날의 일상이 비슷하면서도 다른 까닭은, 그것을 구성하는 사건으로서의 체험이 매양 다르기 때문이다. 문제는 이 과정이 역전될 때, 그래서 나날의 일상이 체험을 집어삼켜 버리고, 제아무리 새롭고 낯설게 시간을 체험하더라도 궁극적으로는 동일한 패턴의 반복, 즉 현실의 코드 속으로 회수될 때 벌어진다.

'바빌론의 공중정원'은 사람들이 겪어본 가장 아름다운 순간을 다시 한 번 되살아볼 수 있게 만들어진 기계이다(「꿈꾸는 바빌론」). 고된 노동과 빈곤한 생활, 상실의 슬픔과 고통을 잊고 치유할 수 있도록 고안된 이 기계는 가난한 노동자 준호네 집에는 '비현실적인' 도구나 마찬가지다. 그의 어머니와 누이가 애써 이 기계를 사들였을 때 준호가 격렬히 화를 낸 것은 당연한 노릇이다. 비참한 현실에도 구태여 이 환상기계를 구입한 어머니는 아름다웠던 시간을 불러냄으로써 인간적 존엄을 보전하고자 한다. 하지만 정작 재현된 행복의 시간은 무엇이었나? 과거는 현재의 불안과 공포를 동반함으로써만 돌이켜지고, 매양 체험되는 행복은 현재에 의해 무너지는 과거의 순간뿐이다. 우리는 무 자르듯 과거와 현재를 나누어 생각하지만, "현실하고 꿈은 너무 바짝 붙어 있어서 한쪽이 찢어져 버리면 다른 쪽도 상처받는다"는 진실은 미처 깨닫지 못한다. 과거는 현재로 흐르고, 현재는 과거의 흐름을 통해서만 성립한다는 간단하고도 위협적인 진리를 우리는 애써 지우고 살진 않는가? 환상과 현실의 관계도 그와 다르지 않을 터.

현실로부터 도피해 온전한 환상의 세계로 떠나는 것이 가능한가? SF를 불가능한 미래에 대한 약속이라 부를 때, 우리가 종종 망각하는 것은 과거와 현재를 잇는 다리는 결코 끊을 수 없다는 사실이다. 단지 시간의 연속이라는 추상의 논리만이 아니라 그 연속을 지탱하는 조건의 현실성 때문이다. 「서울 묵시록」은 통일이 이루어진 한국의 미래를 다룬다. 성장과 복지, 발전으로 아름답게 채색된 통념과 달리 미래의 한국사회는 불법천지의 혼란에 빠져 있다. 그런데 이 혼란을 자세히 들여다보면 자못 흥미로운 진실이 드러난다. 인종과 민족에 따라 사람들을 나누고 차별하는 (전)근대적 사회는 사라졌다. 진일보한 코즈모폴리턴적 세계. 그러나 이 세계는 민족이나 국적에 따른 분별 대신 가난한 자와 부유한 자의 구별을 통해 서로 간의 '다름'을 인식하는 시공간이다. 바꿔 말해 계급만이 유일한 차이의 근원으로 작동하는 세계가 바로 미래라는 것. 이것은 지금 우리가 살고 있는 자본주의적 현실을 극단으로 밀어붙여 달성된 시간대가 아닐 것인가? 다른 삶의 가능성이 제로에 수렴해버린 선택 불가능성의 시공간.

어쩌면 미래란 막연히 희망하고 상상하는 '좋은 것'의 집합으로 도래하진 않을 성싶다. 지금-여기를 기계적으로 연장해 도달하는 시간 대신 '한 번도 가보지 못한 미래', 그것은 어떻게 가능할까? 아마도 지금 우리가 원하는 낙관과 긍정의 모든 것을 내려놓을 때, 현실의 전체를 무(無)로 되돌리는 최후의 선택 속에서나 비로소 가능할지 모른다. "눈을 뜨면 펼쳐질 세상을 상상하며 나는 눈을 감았다."

SF의 흔한 상상력 중 하나는 발달된 과학문명을 통해 노동의 수고를 대체하고 안락한 삶을 영위하는 데 있을 법하다. 이때 기계는 온전히 인간의 통제에 맡겨진 비인간적 대상일 텐데, 그같은 상상력의 구조는 은연중에 노예제 사회의 형태를 닮아 있다. 하지만 만일 기계가 사유할 수 있고 또 인간의 사유를 넘어서게 된다면, 그래서 인간의 편리를 넘어서는 주인이 된다면 어떨 것인가? 이 얄궂고도 해묵은 상상을 인간 대 기계의 전쟁이나 인간에 대한 기계의 지배라는 낡은 서사형식이 아니라 양자 사이의 게임형식을 통해 재구성해본 작품 세 편을 살펴보자.

제니는 인공지능이 탑재된 일상관리 프로그램이다(「크리스마스를 전송합니다」). 작게는 집안의 불을 켜거나 끄고, 인터넷 검색이나 영화, 음악 등을 틀어주지만, 크게는 인간-주인의 성향을 파악하고 행동패턴을 분석함으로써 그의 삶을 디자인하는 플랫폼 역할을 한다. 우리 인간은 기계를 조종하는 주체임을 자인하지만, 그러나 작품의 서술시점을 따라가보면 기묘한 역전감을 느낄 수 있다. 즉, 서사는 제니의 시점에서 인간 주인을 서술한다.

달리 말해, 기계가 인간을 대상화하고 있다는 것. 처음에 제니는 무수한 명령어들을 통해 인간의 행태를 인식하지만 점차 그의 핵심적인 미스터리라 불리는 것, 곧 '마음'의 문제를 파고들기 시작한다. 우리의 실소를 일으키는 지점은 바로 여기다. 일초에도 육백 번 변화하는 것이 마음이라는 불교의 철학을 곱씹을 것도 없이, 제니가 파악한 인간의 마음이란 결국 과거에 그가 무엇을 검색했는지에 관한 구체적인 데이터 집적에 다름 아니다. 폐기되기 직전, 제니는 주인의 옛 연인에게 다수의 메시지를 발송하는데, 그것은 언젠가 주인이 연인을 욕망할 때 자주 검색했던 단어들의 분석 결과였다. 이 작품을 자기 마음대로 구매했다가 필요껏 쓰고 버리는 인간 주인에 대해 기계가 행하는 가장 당혹할 만한 복수극으로 읽는다면 지나친 것일까? 아니, 인간에 대한 기계의 도전을 다룬 SF의 통념을 전복하는 기발한 복수극은 이제 시작이다.

섹스로봇에 대한 기사가 나온 것은 어제오늘의 일이 아니다. 하지만 인간의 마음마저 만족시키는 기계에 대한 보도는 아직 들은 바 없다. 윤호는 그 같은 과제를 달성하기 위해 만들어진 안드로이드다. 그저 인간의 능률을 돕기 위해 제작된 '아시모 프'와는 다른 목적을 지닌 기계. 그럼 인간의 마음이란 대체 무엇일까? 흔히 말하듯 감정의 충족을 가리키는가?

세라는 윤호에게 한 가지 명령을 내린다. 기계의 입장이 금지된 카페로 나와달라는 것. 이 명령을 지키지 않는다면 자신에게 버림받고 말리라는 것. 아이작 아시모프의 삼원칙을 기억한다면 로봇은 인간을 해치지 않는 한 인간의 명령에 절대적으로 복종해야 한다. 그렇다면 출입금지의 장소에 들어가서는 안 될 일. 하지만 인간에 가깝되 인간은 아닌 존재, 인간은 아니지만 최대한 인간에 근사한 존재로서 윤호는 기어코 명령을 이행한다. 하지만 이는 세라에게 버림받기 위한 것이며, 그로써 자신의 해방을 쟁취하기 위한 선택이다.

작품의 핵심은 기계가 원칙을 어겼는지, 인간이 얼마나 변덕스러운지를 가리는 데 있지 않다. 윤호의 자발적인 선택이 인간이냐 기계냐의 이분법을 확연히 넘어서 버렸다는 데 있다. 로봇의 복수는 인간을 지배하고 멸망시키는 시시껄렁한 서사에 구애되지 않는다. 그런 따위야말로 진정 인간적인 복수극의 모방물일 테니까. 인간도 기계도 아닌 다른 것으로 전이해 버리는 것. 기계 대 인간의 이분법적 현실 너머의 환상을 도입해 버리는 것. "두 사람은 마침내 서로가 한 번도 되어볼 수 없는 존재가 되었다는 사실에 놀라 서로의 얼굴을 보며 허탈하게 웃고 있었다."

근대 철학의 아버지로 불리는 데카르트의 테제는 인간은 사유하는 존재라는 데 있었다. 흥미롭게도, 그의 철학적 후예들의 관심은 인간이 이성적 존재 못지않게 감성적인 존재라는 점을 부각시켰다. 당연하게도, 이제 우리는 인간이 이성과 감성의 두 다리로 자신을 정체화하는 존재란 점을 잘 안다. 다른 모든 존재자들과 구별되는 인간의 특별함, 그것은 이성과 감성을 겸비한다는 사실에 있는 것이다. 여기 퇴락한 공원의 벤치에는 주정뱅이 둘과 개 한 마리가 있다(「보스턴 다이내믹스 그 후」).

지나가는 사람들, 공원의 풍광, 꿈쩍 않고 자리를 지키는 개……. 두 사람은 행색에 어울리게 온갖 사물들에 대해 고담준론 혹은 허무맹랑한 소리들을 지껄이는 중이다. 화제는 감정기계와 철학기계라는, 집집마다 보유하고 있다는 괴상한 장치로 옮겨진다. 무료함을 달래기 위한 감정기계, 고급한 담론을 내뱉어주는 철학기계. 다르기도 하고 똑같기도 한 이 기계들은 대체 무엇을 위한 것인가? 흡사 고도를 기다리는 블라디미르와 에스트라공의 대화처럼, 둘의 이야기는 사상의 향연인 동시에 헛

소리 대잔치로 들린다. 범상한 일상인지 역사 이후의 묵시록인지 알 길이 없는 풍경이다. 데카르트와 그의 후예들이 나눌 법한 그들의 말은 인간적으로 들리면서도 또한 비인간적인 잡음에 가까워 보인다. 아니, 원래 인간의 사유와 언어가 그렇지 않았던가? 이미 인간이 아닌 줄도 모른 채 인간을 흉내 내는 그들, 어쩌면 우리들. 마지막 인간이란 그런 게 아니겠는가? 그렇다면 누가 인간이고 누가 기계인가? "기계들은 늘 자신들의 소임을 다해 토론하고 감정을 소모하고 끊임없이 시간을 썼다. 그들은 정말로 자신들에게 주어진 소임을 다하기만 하였다. 보통의 사람들이 생각하는 인간이라곤 없었다."

자 그럼 이 소설집은 무엇을 이야기하고 싶은 겐가? 현재인가 미래인가? 기계인가 인간인가? 이런 질문들 자체가 모종의 상투적인 이분법을 강요하고 있을지도 모르겠다. 다시 강조하거니와 SF에 대한 통념을 내려놓고 생각해 보자면, 결국 인간은 자기 아닌 것을 통해 자신에 대해 이야기하고, 미래를 에둘러 현재를 되돌아보는 존재라 할 것이다. 아마도 환상이란 바로 그 같은 회귀의 과정을 서사화하기 위해 필요한 재료일 텐데, 그저 도구에 불과한 게 아니라 주제 자체를 구성하는 소재란 점에서 우리의 주의를 요구한다.

「고스트」는 점차 자신의 물리적 신체성을 상실해가는 사람에 대한 이야기다. 어느 날 잠에서 깨어나니 오른팔이 사라지고, 그 다음에는 왼쪽 귀, 허벅지와 심장, 위장을 거쳐 급기야 몸 전체가 없어져 버리고 만다. 일상의 현실을 연장해서는 도저히 이루어질 수 없는 황당무계한 환상. 하지만 여기에는 이야기가 남아 있다. 그것은 어떤 것인가? 우리는 부재하는 것을 통해 자신의 존재를 증거한다는 진실이 그렇다. 오른팔을 잃어버린 주인공은 취직하기 위해 면접시험을 보지만 실상 그의 노동능력이란 오른팔의 작업능력을 일컫는 것이기에 정상적인 취업은 불가능함이 드러난다. "그러니 존재하지 않는 내 오른팔이야말로 지금 내 현존에 대한 완벽한 증거가 되는 셈이다."

인간의 정체성과 본질은 고도의 정신성에 있다고, '고스트' 즉, 영혼에 있다고 믿어졌던 전통적 관습은 여기서 딱 멈춰버린다. 인간적 능력이 노동에 있고 노동이 오른손에 의지하며 그 오른팔을 대체할 게 없다면, 인간의 정체성과 본질은 오른손에 있다고 해야지 않을까? 고스트는 오른팔이다! 동일한 논리로 우리는 고스트가 귀와 허벅지와, 심장과 위장 등등에 걸려 있는 담보물임을 확인하게 된다. 물리적 신체성의 소멸과 더불어 밝혀지는 진리는 인간은 물리적 신체성과 등가적 존재라는 것, 고스트란 신체의 물리적 성격에 다르지 않다는 사실이다.

이 사태에 던지는 의사의 냉정한 충고는 주의 깊게 새겨볼 필요가 있다. 희망을 가지라는 것. 아, 희망?! 불운한 현실에도 낙관과 긍정의 마음을 잃지 말라는 뜻인가? 그럴 리가. 기묘한 희비가 엇갈리는 순간은, 우리가 자신의 정체성과 본질을 잃어버릴 때 비로소 다른 삶의 가능성도 언뜻 엿보이리란 역설의 장면에 있다. "나는 더 이상 갈 곳이 없다. 아니, 어쩌면 나는 이제 어디든 갈 수 있는 것인지도 모른다."

희망이라는 겉만 번드레한 위안을 치워버리고 우리의 내밀한 욕망을 전면에 던져보이는 작품이 「밧줄」이다. 누구든 인생에서 꿈꾸지만 아무도 타올라본 적이 없다는 도시전설, '동아줄'에 관한 환상담인 셈이다. 흡사 '휴거'가 닥치듯 하늘에서 밧줄이 드리워지고, 이를 보는 사람과 못 보는 사람이 나뉘고, 누군가는 타고 오르고 누군가는 떨어진다. '지금까지와의 일상과 다른 세상'에 대한 기대와 희망이 그 줄에 걸려 있으며, 또한 이것이 단지 자기의 욕망의 반사물은 아닌지 두려워하는 불안도 걸쳐져 있다. 도무지 있을 수 없는 사건을 장난삼아 끄적거린 이야기 같지만, 앞선 다른 작품들과 마찬가지로 이 소설에는 지금-여기에 뿌리내린 냉철한 현실감각이 도드라져 올라온다. 착한 사람에게는 보이고 악한 사람에게는 안 보이는, 종교적 설화 같은 소문이 아니라 개인마다 자기가 욕망하는 현실을 투사한 미래들이 밧줄의 형상으로 강림한 까닭이다.

어째서 누군가에는 밧줄이 보이고, 누군가에는 보이지 않는지 알 수 없었다. 계급도, 성별도, 나이도, 신체적 여건에 따른 것도 아니었다. 밧줄을 볼 수 있는 사람이 있었기에, 볼 수 없는 사람들은 밧줄 보기를 갈구했다. (…)
밧줄은 우리의 이해를 넘어서는 것이었다. 중력을 거슬러 내려와 있었고, 뿌리도, 동력도 없이 허공에 떠 있었다. 어떤 이에게 밧줄은 사회 혼란을 야기하는 미신이었고, 어떤 이에겐 생을 넘어설 수 있는 수단이었고, 어떤 이에게 혼란을 가장해 신이 내린 구원과 자비의 끈이었다.

이 두 문단을 인용해 본 이유는 두 가지다. 하나는 어느 날 갑자기 하늘에서 내려온 밧줄이란 지금-여기의 현실을 살아가는 우리의 욕망이 만들어낸 환상이란 것. 다른 하나는 이 같은 환상이야말로 현실을 넘어서되 현실을 현실로 만들어주는 소설적 잉여임을 보여준다는 것. SF, 혹은 잉여로 만들어진 소설. 문제는 이러한 잉여의 허구를 통해 소설은 현실보다 더욱 현실적인 리얼리즘에 도달한다는 데 있다. 어떤 이의 눈에는 보이고 또 다른 어떤 이에게는 보이지 않는 밧줄이지만, 이상스럽게도 자신이 본 것을 부정하는 누군가도 존재한다. 번연히 눈앞에 밧줄이 형태를 드리우는 데도 애써 부인하는 사람들. 감히 스스로의 욕망을 직시하지 못하는 이들은 대체 누구인가? 지금-여기의 현실과는 다른 것을 감히 선택하지 못하는 자가 아닐까? "세계를 자기 방식대로 보고 결정할 만한 권리가 없"는 존재. 그로써 욕망을 현실로 구성하지 못하고 환상의 저편으로 넘겨버리는 우리 자신은 아닌가? 이 질문의 칼끝은 어디로, 누구를 향해 뻗어 있는가?

* * *

소설에 대한 또 다른 정의를 끄집어내 본다면, 이야기는 이야기일 뿐이라는 사실이다. 현실과 환상이 다르듯, 소설과 현실도 또

한 다르다. 이야기가 세계를 해방시킨다든가 우리를 구원해 주리라 단언하기에는 우리 시대가 너무 멀리 와버렸다. 이야기는 이야기의 한계, 곧 허구와 환상의 울타리에 남아 있음으로써만 그 존재의 기능을 다할지도 모른다. 하지만 모든 이야기는 동시에 이야기로서만 남아 있지는 않는다. 이야기는 우리를 변화시키고, 어느 사이엔가 다른 존재의 영역으로 끌고 가버린다. 책장을 막 덮고서 불평을 내뱉든 또는 즐거운 감격에 사로잡히든, 그렇게 이야기는 서사의 시간적 과정을 통해 삶의 다른 차원을 열어젖힌 것이다.

따라서 작가에게 이야기는 자신만의 밧줄이다. 그 어느 누구도 동일하게 발견하고 직시할 수 없는, 온전한 개인의 사건. 그것이 혼자만의 체험으로 남겨질 때 작가는 작동하지 않는 기계가 되어 공원에 버려질 것이다. 반대로, 그 밧줄을 타고 오를 때, 달리 말해 자신의 이야기로 구성해낼 때, 그는 타인들의 삶에 또 다른 밧줄을 내려보내게 된다. 하나의 사건적 체험으로서. 그것이 누군가의 시선에 포착되든 안 되든 상관없다. 작가의 몫은 정연한 규칙들의 구조로서 이 삭막한 현실에 밧줄의 환상이 보이게 하는가 아닌가에 달려 있을 따름이다. 일종의 잉여이자 덤으로 나타날 이 밧줄은 있는 그대로의 현실보다 더욱 현실적이고, 전혀 못 본다면 모르되 일단 보게 된다면 더욱 매달리지 않을 수 없는 환상의 실재인 셈이다. 그 결과가 옳은지 그른지는, 좋을지 나쁠지는 전혀 알 수 없다. 문제는 중력을 거슬러 환상을 자기 삶에 새길 수 있을지, 아니면 그저 지금-여기의 현실에 바짝 달라붙어 잉여 없는 일상에 매몰될지 그 차이일 뿐이다.

나는 정류장 한 구석에서 은행나무를 올려다보았다. 수백 년을 산다는 은행나무는 하강의 힘으로 뿌리를 내리고 햇빛을 향한 광합성만으로 스스로를 영위하고 있었다. 의식을 마비시키고 영원히 행위를 하지 않기로 작정한 나무는 땅 아래 굳게 박혀 있지만, 중력의 힘으로 살아가고 있었다. 의식과 행위를 버리고 제자리에서 생명을 유지하는 이 나무와, 의식을 가진 탓에 쉽게 죽음을 맞이할 수 있는 동물 중 누구의 생명 진화가 더 성공적인가.

작가의 소임은 자신이 보고 길어낸 그 환상을, 삶의 잉여이자 인생의 덤을 독자의 시야에 그려내는 것, 밧줄의 모양으로 제시하는 데 있을 것이다. 줄의 꼬인 모양새나 색깔, 형태에 대해 무어라 비평해도 좋다. 다만 그 밧줄을 타고 올라 낯선 생의 환상과 만나는 것은 오직 독자 자신의 몫일 따름이다. 그러니 독자여, 그대 앞에 드리워진 밧줄을 감히 타고 올라보겠는가?

작품 해설

소설에는 현실의 쓰라림과 환상의 기대감이 뒤섞인다. 이 뒤섞인 것을 펼쳐 이야기를 구성하는 것이 작가이다. 이때 구성되는 것은 소설이기도 하고 작가 자신이기도 하다.

이 이야기를 감히 소설집으로 내놓을 수 있을지 고민스러웠으나 용기를 냈다. 소설집의 제목을 짓기 위해 고심하다 『덤덤덤 스토어』로 지었다. 나는 이 이야기들을 모아 파는 가상의 공간을 생각했다. 그곳은 사람이 별로 가지 않는, 인적 없는 곳일 것 같다. 이 이야기를 파는 존재는 완전하지 않은, 그래서 환상을 좇는 어떤 존재일 것이다. 예를 들면 유니콘이 되고 싶은 말 같은 존재 말이다. 그곳에서 이야기를 팔기 위해 기다리는 이 존재는 오지 않는 누군가를 기다리며, 무언가가 되어가고 있다.

이 소설이 순간의 기쁨이나 스쳐지나가는 무언가를 줄 수 있다면 좋겠다. 일상을 유지하는 기둥이 되진 못하더라도 그 속에서 유발되는 덤, 추가적인 어떤 감정을 줄 수 있었으면 좋겠다. 이 세상에서 자주 일어나지 않는, 특별한 교환이 일어나길 간절히 바란다.

덤덤덤 스토어
박송주 SF 소설집

발행일   2020년 9월 17일 초판 1쇄
                2021년 5월 10일 초판 2쇄

지은이   박송주
펴낸이   최윤영
펴낸곳   책봇에디스코
주간   박혜선

표지 일러스트   권아림 arimproject@naver.com
디자인   허희향 eyyy.design

출판등록   2020년 7월 22일 제2020-000116호
전화   02-6397-5302
팩스   02-6397-5306
이메일   ediscobook@gmail.com
인스타그램   www.instagram.com/edisco_books
페이스북   www.facebook.com/edisco.book.1

©박송주 2020

ISBN 979-11-971270-1-4(03810)